징을
두드리는
동안

징을 두드리는 동안

박재희 장편소설

(주)자음과모음

차례

개떡 마니아

차가 급정거한다. 엄마는 핸들을 놓친다. 핸들 위로 열 손가락을 짝 편 채 엄마는 오스스 몸을 떤다. 개를 데리고 걷는 남자 맹인 앞이다. 개는 다이몬과 같은 골든 리트리버, 금빛 털북숭이다. 끽, 소리를 들었을 텐데도 맹인은 천천히 차 앞을 지나간다. 개도 주인을 닮았는지, 긴 털을 출렁이며 느릿느릿 걷는다.

― 다이몬!

어제 동물병원에 찾아가서 나는 다이몬의 이름을 불러보았다. 다이몬은 눈을 조금 떴다가 다시 감았다. 의사 선생님은 내가 여행에서 돌아오기 전에 다이몬이 건강하게 퇴원할 거라고 말했다. 이미 아무도 믿지 않았으므로 나는 대답 없이 병원을 나왔다.

"난 만년 초짠가 봐. 핸들 잡을 때마다 떨리니."

예상 시간보다 두 시간 일찍 집에서 출발했다. 잠실에서 인천 공항까지 엄마는 고개를 쑥 빼고 두 손으로 핸들을 꽉 잡았다. 바람 불면 버스도 흔들린다는 영종대교를 두 눈 부릅뜨고 건넜다. 뒤에서 빵빵거리거나 말거나 팔십 이상을 밟지 않았다.

"오 년이면 남들은 눈 감고도 운전한다는데, 난 눈 뜨고도 앞이 캄캄해. 정말 개떡이야."

개떡은 쑥과 쌀가루를 버무려서 찐 손바닥 모양의 떡 이름이다. 엄마는 쌍말을 놓아야 맞을 자리에 개떡을 놓는다.

"너, 놀랐지? 실수는 누구나 하는 거야."

손수건으로 목덜미의 땀을 닦고서 엄마는 다시 핸들을 잡는다. 자신의 실수에는 너그러우면서 딸의 실수에는 무자비한 사람이 엄마다. 어차피 핸들은 엄마가 잡고 있다. 학교만 졸업하면……, 직장만 가지면……, 한국만 떠나면……, 더 이상 엄마 차를 타는 일은 없을 것이다.

출국장이 있는 공항 청사 앞은 차와 사람들로 복잡하다. 큰 트렁크를 끌고 가는 사람들, 트렁크를 카트에 싣는 사람들, 이제 막 차에서 트렁크를 내리는 사람들 사이로 차는 슬금슬금 기어간다.

"에아로던가? 러시아 항공사라고 했지?"

에아로 항공사는 쉽게 눈에 띄지 않는다. 울긋불긋한 항공사 간판들 중에 러시아 항공사의 상징인 삼색기는 없다. 또 차가 급정거한다. 넋 놓고 간판만 찾다가 나는 비명을 지른다. 앞으로 쏠리는 내 몸을 안전벨트가 잡는다.

"헉!"

온몸이 깜짝 오그라든다. 뒤이어 놀라운 통증이 아랫배를 강타한다. 안전벨트가 허리를 심하게 조인 모양이다. 순간 나는 배를 부둥켜안고 엄마를 노려본다. 내 상태는 아랑곳없이 엄마는 유리창 밖으로 얼굴을 내민다.

"야, 아가씨야, 아무 데로나 건너면 어떡해! 저 앞 횡단보도 안 보여? 장님이야? 개……."

떡을 삼키는 엄마 얼굴이 겁 질려 있다. 땀이 턱살을 지나 느리게 흘러내린다. 초록색 슈트 속에 받쳐 입은 흰 블라우스의 앞가슴이 젖어 있다.

"씨이, 나두 놀랐단 말예요. 아줌만 장님이에요? 사람 안 보여요?"

"어머, 얘가! 감히 누구더러 아줌마래?"

"누구긴 누구예요, 아줌마지. 그럼 아줌마더러 아저씨라고 해요?"

차를 급정거시킨 여자아이는 짧은 병아리 색 원피스를 입은 말라깽이다. 길바닥에서 뭐가를 주워 노란색 토트백에 담고 있다. 콤팩트, 헤어밴드, 동전 지갑 따위다. 바람에 아이의 원피스 자락이 말려 올라가고, 노랑 끈 팬티가 살짝 드러난다. 한 손으로 원피스를 내리고 한 손으로 물건을 주워 담느라 아이는 정신이 없어 보인다. 볼일이 끝났는지 아이는 백을 옆구리에 끼고 트렁크를 끈다. 인도로 올라선 다음 우리 차를 향해 혓바닥을 길게 내민다.

― 빵!

개떡 대신 엄마가 클랙슨을 누른다. 아이가 뒤를 돌아본다. 뭔가를 생각하는 듯하더니, 아이는 차도로 내려온다. 트렁크를 끌고 원피스 자락을 팔랑이며 가까이 와서는 내 오른쪽 유리창에 붙어 선다. 나는 보지도 않고 머리를 옆으로 숙여서 운전석의 엄마를 뚫어지게 본다. 내 또래나 되었을까. 여자아이가 입술을 앙다물고 엄마를 째려본다. 눈살이 보통 아니다. 나는 한 번도 해보지 못한 대거리다. 배의 통증이 슬그머니 가라앉는다.

"저 부르셨어요, 아줌마?"

감히……. 엄마의 얼굴은 턱살까지 시뻘겋게 달아오른다. 턱살을 지나 넓게 파인 블라우스의 앞가슴까지 물드는 엄마를 보면서 내 얼굴도 화끈 달아오른다.

― 모녀 홍당무.

닮고 싶지 않은 부분만 닮는 걸 무슨 콤플렉스라고 하던데. 나는 치마 속으로 손을 넣어 배꼽 아래를 더듬는다. 손끝이 스치자 우툴두툴한 바느질 자리에서 간지러운 느낌이 인다. 다행히 수술 자국은 터지지 않은 듯하다. 심한 운동과 긴 여행은 조심하라고 닥터 윤이 말했다.

"아니, 그냥……, 횡단보도로 다니라구, 차 조심하라구."

아이를 맞보지도 못하고 엄마는 더듬더듬 말한다. 나는 유리창 올림버튼을 누른다. 그러나 웬일인지 유리창이 움직이지 않는다.

아이의 손가락들이 유리창을 잡아 누르고 있어서다.

— 감히 우리 엄마에게 태클을 걸다니. 둘이 붙어봐.

나는 유리문을 끝까지 내리고 몸을 뒤로 한껏 뺀다. 엄마와 아이 사이에서 빠지겠다는 표시다. 아이는 그제야 나를 발견한 듯 내 옆얼굴을 찬찬히 쏘아본다. 낯선 얼굴이 아니다. 어디서 봤을까?

"아줌마두 조심하세요. 저 지금 기분 더럽거든요. 소매치기 당했단 말이에요. 왕재수야, 정말!"

빠르게 말을 쏟고 아이는 돌아서서 다시 인도로 올라간다. 병아리 색 원피스 자락이 팔랑팔랑 공항 청사로 들어가는 걸 확인하고도 엄마는 움직이지 않는다. 뒤차들이 빵빵거린다.

"정말 개떡이야."

차를 몇 미터 앞으로 뺀 다음 엄마는 풋 브레이크를 밟는다.

"휴우, 도저히 더는 못 가겠어. 어찌나 놀랐는지 사지가 벌벌 떨리네. 주차해놓고 너 떠나는 거 보려고 했는데……. 아무래도 갈두를 불러야겠다."

핸드폰을 귀에 댄 채 엄마는 상대방이 받기를 기다린다. 에어컨 때문인지 앞가슴과 턱살의 붉은 기운은 사라지고 없다. 내 얼굴의 화끈거리던 느낌도 조금 가라앉은 것 같다.

"금방 온단다. 정말 좋은 애야, 갈두는. 그렇지?"

외삼촌의 아들 갈두 오빠는 믿음직한 몇 마디로 엄마를 운전의 공포에서 해방시켜주었나 보다. 안전벨트를 풀고서 엄마는 몸을 내 쪽으로 돌린다.

"엄마 얼굴 안 볼래?"

"……."

"지금은 화가 나겠지만……."

백한 번째 잔소리를 들을 각오로 나는 눈을 내리깐다.

— 성부, 성자, 성신.

손으로 성호를 긋고 나서 엄마는 낮은 목소리를 낸다.

"아무튼 잘 다녀와. 약은 꼭 필요할 때만 먹고, 연고는 틈날 때마다 바르고. 알았지?"

갈두 오빠가 보이자 엄마는 내 손을 잡는다. 땀으로 끈적이는 손이다. 나는 내 손을 빼고 차 문을 연다. 뜨거운 기운이 훅 끼친다.

"고모님, 오셨어요?"

"그래, 그래. 우리 조카님, 안 보는 사이에 멋쟁이가 되셨네?"

"고모님두요. 더 젊어지셨어요."

"어머머, 얘가 못하는 말이 없어. 근데 대학생이 수염은 왜 길러, 아저씨같이."

"그냥요."

검정 선글라스를 턱에 걸친 듯한 오빠의 턱수염을 엄마는 나와 함께 사물놀이 홈페이지에서 보았다. 봤으면서도 처음 본 척, 모르는 척, 안 아픈 척, 고상한 척…….

"우와! 이젠 완전 숙녀네? 인사하는 법, 까먹었어? 웃뜨웃뜨 해야지?"

갈두 오빠가 나에게 손을 번쩍 들어 보인다. 나는 설핏 웃는다.

"두두두 웃뜨웃뜨!"

오빠는 말하면서 무릎을 구부린 채 두 다리를 벌리고 내 표정을 본다. 나는 고개를 젓는다. 까먹지는 않았지만 뛸 기분은 전혀 아니다.

"뛰자, 응?"

내 얼굴에 눈을 둔 채 오빠는 두 팔을 어깨 높이로 올리고 좌우로 경중경중 뛴다. 뛸 때마다 꽁지머리가 덩달아 움직인다. 옛날에 가르쳐준 인사법이다.

"얘가 요즘 좀 그래. 내 딸 같지가 않아."

엄마의 참견에 오빠는 뛰기를 멈춘다. 오빠를 만난 지 일 년도 안 되었을 텐데, 천 년쯤 지난 듯하다. 컴퓨터와 핸드폰을 뺏긴 뒤로는 블로그도 못 들어가고 페이스북도 하지 못했다. 오빠에게는 많이 변한 것 같으면서도 변하지 않은 무엇이 있다. 그동안 키는 더 커지고, 얼굴은 더 검어지고 광대뼈는 더 솟은 것 같다.

"카트 좀 잡아, 수린아."

오빠가 뒷좌석의 트렁크를 내린다. 눈 둘 곳을 모르고 서 있는 나에게 엄마가 다가온다. 사십구 세의 뚱보가 나를 안는다. 땀 냄새와 화장품 냄새가 나의 눈물샘을 건드린다. 건드릴 뿐, 샘물을 길어 올리지는 못한다.

“사랑해, 우리 딸. 지난 일들 말끔히 지우고 돌아오기를 기도할 게. 여행은 지우개라잖아, 마법의 지우개.”

엄마는 차마 발이 떨어지지 않는다는 몸짓으로 승용차에 오른 다. 이제부터 엄마는 인천공항에서 잠실까지 수도 없이 급정거하 면서 시속 팔십 킬로미터로 갈 것이다. 마법의 지우개로 나는 제 일 먼저 검정색 승용차의 꽁무니를 지운다. 땀과 화장품으로 번 들거리는 엄마의 얼굴도 지운다.

— 돌아오지 않아. 다 끝이야. 쫑이라구, 쫑!

뜻을 미처 깨닫기도 전에 쫑이라는 낱말이 머릿속에서 튀어 다 닌다.

— 쫑! 쫑!

엄마의 지우개똥이 내 몸 어딘가에 묻은 것만 같다. 나는 두 손 으로 원피스를 탈탈 털면서 갈두 오빠를 따라 공항으로 들어간다.

주유나이 패

공항 청사 안의 공기는 시원하다. 여행객들이 넓게 흩어져서인지 출국대들은 한가해 보인다. 갈두 오빠는 자신의 트렁크와 내 트렁크를 한 카트에 싣고 간다. 출국대의 A를 지나서 J가 보일 때까지 아무 말도 하지 않는다. 나도 말없이 꽁지머리를 따라간다. 그러나 내 마음은 진작부터 오빠를 따라 경중경중 뛰고 있다.

— 유따유따

생각만으로도 기분이 나아진다. 정말 오랜만에, 병원에서 나와 처음으로 신선한 산소를 마시는 기분이다. 미팅 장소인 J에 가까이 가자 아이들이 다가온다. 남자 하나, 여자 둘, 홈페이지에서 익히 본 얼굴들이다. 그런데 뜻밖에도 그들 가운데 그 여자아이가 있다.

— 아줌만 장님이에요?

차를 급정거시킨 병아리 색 원피스의 말라깽이다. 낯이 익다 했더니, 홈피에서 동영상으로 본 징잡이다.

― 아줌마두 조심하세요. 저 지금 기분 더럽거든요. 소매치기 당했단 말예요. 왕재수야, 정말!

내가 자기의 노랑 끈 팬티를 본 걸 안다면 어떤 표정을 지을까. 새삼 아랫배의 통증이 떠오르면서 심술이 꿈틀거린다.

"너네, 인사들 해. 지난번에 말한 내 사촌 동생 박수린. 내가 제일 좋아하는 우리 고모 딸이야. 수린아, 우리 멤버들, 주유나이 패, 알지?"

아이들이 나에게 고개를 까딱까딱해 보인다. 나도 어떤 방법으로든 인사를 나누어야 할 것이다. 저절로 눈이 감기고 머리가 숙여진다.

― 괜히 왔어.

각오한 일이다. 모르는 아이들과 이십 일 동안 러시아를 여행하기로 결정하고부터 스스로에게 주문을 걸었다.

― 잘 지내야 돼, 다이몬. 잘 지내야 돼. 잘 지내야……. 잘, 잘…….

내가 돌아갈 곳은 학교뿐이다. 그런데 학교는 내가 정상이라는 의사의 진단서를 얻어야만 돌아갈 수 있다. 무사히 러시아를 다녀오는 것으로 정상임을 증명해야 한다. 그러나 지금으로서는 증명이고 정상이고 상관없다. 엄마 없는 곳이라면 러시아든 아프리카든 간다. 나는 천천히 머리를 들어서 아이들의 눈초리를 받는다. 피할 수 없으면 견뎌야 한다.

"저는 유은우예요. 만나서 반가워요."

큰 얼굴에 입술이 좀 튀어나온 인상이 상냥해 보인다. 동영상에서 은우는 개구쟁이들이 물장난하듯 재미있게 장구를 쳤다. 장구만 마음껏 칠 수 있으면 다른 건 아무것도 필요 없다는 표정이었다. 사물놀이 하는 아이들도 시를 읽는지 궁금하다. 언수외보다 실기 시간이 많은 건 안다.

"야, 여우, 말 까. 같은 이학년끼리 뭘 존대냐, 쪽 팔리게. 나, 영배야. 주영배. 쌈 빨고 싶을 때 날 찾아와."

"야, 돌배, 첨 본 애한테 뭔 쌈 장사야."

은우가 영배를 툭 치면서 내 눈치를 본다. 나도 쌈이 담배의 은어라는 정도는 안다. 그런데 혹시 쌈이 뽕일지도 모른다. 사물놀이 하는 애들은 무대에 나가기 전에 히로뽕을 한다는 말을 들은 적이 있다. 돌배라고 불리는 영배는 괴짜 같다. 무릎에 구멍이 숭숭 뚫린 청바지, 어깨 근육이 보이는 검정 티셔츠, 노란 폭탄머리다. 동영상에서 영배는 머리에 챙이 둥근 모자를 쓰고 씨름 선수 같은 덩치를 돌리며 북을 쳤다. 지금 영배는 두 손에 악기 가방을 들고 등에도 뭔가를 잔뜩 지고 있다. 북, 장구, 징…… 포터인가 보다.

말라깽이와 인사를 나눌 차례다. 말라깽이의 쌍꺼풀 없는 긴 눈이 나를 빠르게 훑는다. 상대방을 뚫어지게 쳐다보는 눈동자를 어디서 봤더라. 기억을 더듬다가 나는 삐져나오는 신음 소리를 삼킨다. 맞다. 영화 〈오멘〉의 주인공, 눈으로 물건을 움직이고 생각으로 사람을 난간 아래로 떨어뜨리는 남자아이와 비슷하다. 아이의 정체를 알고서 아버지가 동반자살을 시도했는데, 살아남은 건 아이뿐이었다. 장례식에서 아이가 뒤를 돌아보며 미소 짓는 것이 영화의 마지막 장면이었다.

"야, 뭐해, 너."

유은우가 말라깽이를 툭 친다.

"둘이 아는 사이야?"

갈두 오빠와 주영배도 나와 말라깽이를 번갈아 본다.

— 내가 팬티 본 걸 눈치챘나 보다.

내 얼굴은 귓불까지 빨갛게 달아오른다. 일부러 아이의 치마를 들춰보기라도 한 것처럼 부끄럽다.

— 이난희.

나는 말라깽이의 이름을 알고 있다.

홈피에서 이난희는 사물놀이 연주복인 더그레를 입고 있었다. 긴 생머리를 흔들면서 징을 칠 때 땀방울이 사방으로 튀었다.

— 왜 저렇게 땀을 흘리지? 징 치기가 힘든가? 저 정도는 나도 치겠다.

뒤에서 엄마가 내 컴퓨터를 들여다보며 중얼거렸다.

"외고 다닌다며?"

말라깽이가 입을 연다. 나는 대답 대신 머리를 끄덕인다.

"외고생이 방학 때 이렇게 놀러 다녀도 되는 거니?"

"너도 왔잖아."

유은우가 대신 대답한다.

"빠져, 여우야. 누가 너한테 물었어? 얘한테 물었잖아. 그리고 우린 예고니까, 실기만 열심히 하면 되지만 얘는."

"얘는 공부 잘하게 생겼는데, 뭐."

이난희가 나한테 묻는데 유은우가 또 냉큼 대답한다.

"그런데 박수린, 어떻게 우리 팀에 끼게 됐어?"

내가 쭈뼛거리자 갈두 오빠가 나선다.

"내가 말했잖아. 이번 여행은 다 수린이 아빠, 그러니까 우리 고모부가 문화관광부에 계신 덕분이라고. 원래 기성단체가 하던 일인데 이번에 특별히 우리에게 기회를 주신 거야."

"그러니까 너, 깍두기구나. 아빠 백으로 낀 깍두기."

"깍두기라니, 나니야. 수린이는 거기 가서 한글 강습을 할 거야. 우리는 장구 강습 맡고 수린이는 한글 강습 맡으니까 깍두기 아니지."

─ 변명해주지 않아도 돼, 오빠. 사물놀이도 모르면서 주유나이 패의 해외 공연에 낀 건 사실이니까.

세 아이의 눈초리를 견디기 힘들다. 할 수 없이 또 고개를 숙이는데, 노란색 토트백이 눈에 들어온다. 면도날 같은 것으로 찢긴 부분이 보인다. 찢어진 틈으로 머리핀, 리본, 화장품이 빠져나올 것 같다.

— 정말 소매치기 당한 거야?

놀라서 나는 난희를 본다. 눈이 부딪히자 말라깽이는 한쪽 눈을 꼬옥 감았다가 뜬다.

— 우리 둘만의 비밀로 하자.

이런 뜻의 윙크다.

— 뭘?

뭘 비밀로 하자는 건지 나는 알 수 없다. 소매치기 당한 것과 차가 급정거한 것과 도로에 떨어진 소지품을 줍는 말라깽이의 노랑 팬티, 모두 비밀인가 보다.

"너희들 우리 수린이 좀 잘 도와줘라. 애가 공부밖에 모른다고 우리 고모가 걱정을 많이 하셔. 매일 학교와 학원만 왔다 갔다 했단다. 특히 나니야. 넌 해외여행 경험이 많으니까 수린이와 좀 붙어 다녀라. 단짝 친구처럼."

"알았어. 근데 오빠, 얘 정말 고삐리 맞아? 대학생 필인데."

난희의 말에 은우가 머리를 끄덕인다.

"나도 아까 첨 봤을 때 대학생인 줄 알았어. 바비 인형머리, 바비 원피스에 책까지 안고 다니니까 정말 대학생 같아."

나에게 레이스가 달린 하얀 바비 원피스를 입힌 사람은 엄마다. 나는 엄마 몰래 청바지와 티셔츠를 숄더백에 넣어 왔다. 비행기를 타기 전에 화장실에서 갈아입을 계획이다.

"대학생은 무슨! 애 엄마 폼인데."

허걱! 내가 뭐라고 대꾸하기 전에 두 사람의 눈이 영배를 찌른다.

"아, 농이야, 농. 농담이라구."

영배는 피식 웃으면서 여권과 비행기 표를 꺼낸다. 그러나 내 얼굴은 이미 빨개진 뒤다. 하필이면 애 엄마 폼이라는 말을 농담이라고 하는 걸까. 영배도 난희 같은 귀신인가 보다.

"미안, 오빠가 대신 사과할게, 수린아. 돌배가 입은 하수구라도 맘은 천사표야. 널 보니까 헤어진 애인 생각이 나나 보다. 너랑 비슷하게 생겼거든. 아, 뭐, 예쁘다는 뜻이야."

내가 계속 멍한 표정이니까 난희가 주의를 돌린다.

"외고생이면 영어 하나는 끝내주겠네? 난 말은 대충 알아듣겠는데 입은 못 벌리겠어."

영어를 끝내주다니, 소문일 뿐이다. 중학교 전교 일등도 영어 만점자가 아니면 외고 입학원서를 쓰지 못했다.

"그런데 너, 이름이, 박수린이라고 했지. 수린아, 내가 뭐 잘못한 거 있니? 왜 내 말에 대답을 안 해?"

"맞아. 지금까지 우리끼리 떠들었네."

"……"

"어머머? 정말 벙어린가 봐. 멀쩡하게 생긴 애가 왜 이래? 나

진짜 왕푼수 된 기분이네? 오빠, 얘 새침데기, 내숭 환자지? 아님 정신병잔가?"

정신병자라니, 거칠다. 애 엄마라는 영배나 정신병자라는 난희나 정상적인 고등학생 같지 않다. 발끝을 보고 있었지만 나는 말라깽이의 싸늘한 눈초리를 느낀다. 눈초리는 레이저 광선처럼 내 몸뿐 아니라 내 마음속까지 샅샅이 훑는다. 〈오멘〉의 주인공보다 더 소름끼친다.

"야, 말조심해. 정신병자가 뭐냐, 초면에……. 그건 실례지."

"그럼 내가 정신병자야? 혼자 떠드는 난 뭐냐구."

"그래도 막말하면 안 되지, 첨 본 애한테."

"뭐, 내가 틀린 말 했어? 얘가 날 빤히 보면서 내 말 씹는 거, 니들도 봤잖아. 나를 무시하는 애랑 어떻게 붙어 다녀? 오빠가 단짝 친구처럼 붙어 다니라는데, 어떻게 붙어 다니냐구."

"그래도 너, 그러지 마. 오빠의 사촌 동생이잖아."

"그럼 여우, 네가 단짝 해. 난 빠질래. 혼자 떠드는 내가 사이코 같다니까."

— 나도 말 잘해.

그러나 말은 입 속에서만 숨을 쉰다. 말로든 행동으로든 표현해야 하는데…… 나는 내가 답답하다. 가만히 지켜보던 갈두 오빠가 나선다.

"나니야, 좀 기다려봐. 얘가 낯가림이 좀 심해. 친해지면 말 잘

할 거야. 그렇지, 수린아? 너 옛날에 잘 떠들었잖아. 내 방에 들어와서도 잘 놀았잖아."

갈두 오빠가 우리 집에서 지낼 때 오빠 방은 내 놀이터였다. 처음 오빠가 전통예술 고등학교를 지원한다고 했을 때 엄마는 말렸다.

"남자가 예고를…… 그 성적으로 왜 예고를 가? 뭐가 부족해서…… 예술은 취미지, 남자 직업으로는 좀…… 넌 나씨 집안 종손이야. 네 아빠도 반대하던데, 뭐 특별한 이유라도 있니?"

"머리 자르기 싫어서요. 두발 자유 학교는 예고와 대안학교밖에 없잖아요."

"인문고 다니면서도 하고 싶은 거 할 수 있잖아. 대학 졸업하고 전공을 바꾼 애도 많던데."

"전 그냥 머리를 자르기 싫은 것뿐이에요. 누가 내 머리에 손대는 거, 정말 질색이에요."

머리를 자르지 않으려고 오빠는 중학교 3학년이 할 수 있는 노력을 다했다. 외삼촌의 비닐하우스 농사를 거들고, 브로콜리의 인터넷 판매를 도왔다. 설날에는 친구들과 풍물놀이를 벌여서 마을 사람들의 칭찬을 받았다. 그럼에도 외삼촌의 고집은 꺾을 수 없었다. 오빠는 겨울 동안 기른 머리카락을 빡빡 밀고서 일반 고등학교에 진학했다.

내가 중학교 이학년이고 갈두 오빠가 고등학교 이학년일 때였다. 어느 날 엄마는 내 음악 좀 봐주라며 오빠를 집으로 데리고 왔다. 가사도우미와 나만 조용히 지내던 집에 오빠가 오니까 분위기가 달라졌다. 그때도 오빠는 지금처럼 뭔가를 두들기는 걸 좋아했다. 나무젓가락으로 식탁과 의자와 탁자를 두들겼다. 꺼떡꺼떡 몸을 움직이면서 위층과 아래층으로 돌아다녔다.

"두두두 웃뜨웃뜨."

두 다리를 벌리고 경중경중 원시인처럼 소리를 내며 뛰어다녔다.

"너, 수학 잘하지? 수학과 음악은 기본이 같아. 하나에다가 계속 숫자를 더하고 빼는 게 수학이잖아. 한배를 잘게 쪼갰다가 뭉쳤다가 하는 게 음악이야."

"한배가 뭔데, 오빠?"

"일단 두드려보면 느껴져. 한배가 일 초일 수도 있고, 일 분일 수도 있거든. 빠르게 두드리는 것보다 리듬을 타는 게 중요해."

나도 오빠를 따라서 나무젓가락으로 두드리며 돌아다녔다. 연못의 돌들, 나무들, 다이몬의 집과 유리컵, 밥그릇까지 두드려서 소리가 나지 않는 물건은 없었다. 두꺼운 그릇은 높은 음을 냈고, 얇은 그릇은 낮은 음을 냈다. 모든 물건에는 각각의 음 색깔과 음 높이가 있다는 것을 그때 나는 처음 알았다.

"사람 머리도 다 다른 소리가 나. 아이큐가 높은 사람일수록 머리가 무거워서 높은 소리가 나. 진짜야. 돌대가리를 두들겨보면 낮은 소리가 난다니까. 못 믿겠어? 그럼 내 머리와 네 머리와 다이몬의 머리가 어떻게 다른지, 한번 두들겨볼까?”

오빠의 젓가락을 피해 도망 다니다가 다이몬과 잔디밭에서 뒹굴기도 했다. 유치원을 졸업한 뒤 처음으로 나는 아무 생각 없이 뛰어 놀았다. 유치원생으로 돌아간 기분이었다.

— 두두두 타닥탁탁.

두드리는 것은 너무나 신나고 재미있었다. 학교와 학원이 끝나면 나는 집으로 뛰어왔다. 오빠가 없어도 오빠 방에 들어가서 오빠의 물건을 두드리며 놀았다. 그러던 어느 날 엄마는 오빠를 다시 외삼촌 집으로 보냈다.

“음악 이론 좀 가르치라고 했더니 엉뚱하게⋯⋯. 누굴 닮아서 광대 짓인가 몰라. 하마터면 애 망칠 뻔했네.”

늘 무언가 소리를 내며 움직이던 오빠가 없으니까 집 안은 다시 조용해졌다. 그러나 오빠가 떠났어도 내 손은 늘 뭔가를 두들기고 싶어 했다. 두들기지 않고 보기만 해도 내 귀는 그 물건의 소리를 들었다. 내가 외고에 입학했을 때 오빠는 전통예술 대학교에 입학했다. 오빠는 가끔 사물놀이 연주회 표를 보내왔지만 엄마는 구경을 허락하지 않았다. 영교시, 야간자율학습, 학원, 과외 중 하나라도 빠지면 어떤 결과가 오는가를 엄마는 거듭 말했다. 외고생의 취미생활은 사치였으므로 나도 구경을 고집하지 않았다. 두드릴 것을 찾아다니던 내 손의 욕구는 손톱을 물어뜯는 것으로 바뀌었다.

"자, 나가자, 수린아. 고모가 너 우산 사주라고 부탁하셨어."

"으잉? 비도 안 오는데 무슨 우산이야, 오빠?"

"어, 그건, 저, 수린이는 준비성이 많아서 늘 우산을 갖고 다닌
대. 갑자기 비 오면 써야 되니까."

나의 소나기 공포증을 아이들에게 털어놓지 않는 오빠에게 감
사하고 싶다. 올해는 기상이변으로 장마가 길고 국지성 호우가
많다고 기상 사이트에 떴다. 한국은 곧 장마철이지만 유럽은 비
오는 날이 드물어서 여행하기 좋을 거라고 엄마도 말했다. 그러
면서도 우산을 안 챙겨주다니, 빵점 엄마다.

"먼저 짐 부치고 비행기 표 받자. 루블도 바꿔야 하고, 전화도
로밍 해야 하고. 아, 참, 자동 로밍이 되던가? 아무튼 바쁘다, 바
빠. 너희들, 서로서로 잘 챙겨. 여우는 나 좀 도와주고, 돌배는 악
기 챙기고, 나니는 수린이만 잘 데리고 다니면 돼. 모두 알았지?
걱정이다야. 나도 러시아는 처음이라서 말이야. 워낙 치안이 엉망
이라고 소문이 나서 괜히 겁난다니까. 니들, 어디 가나 폰과 쩐은
생명이란 거 잊지 말고. 자, 모여."

모여, 를 신호로 핸드백과 악기들을 의자에 올려놓고 넷이 둥
글게 선다.

"두두두 웃뜨웃뜨!"

두 팔을 서로의 어깨에 올리고 두 발을 높이 들어서 경중경중 뛴다. 갈두 오빠와 둘이서는 해보았지만 사물놀이 패 네 사람이 뛰는 모습은 처음 본다. 전쟁터에 나가는 인디언들의 출정식 같다.

"웃뜨웃뜨 두, 드리자!"

남녀 네 사람의 목소리. 공공장소라고 소리를 한껏 낮추었지만 나에게는 다 들린다. 나도 하고 싶다. 웃뜨웃뜨! 뛰고 싶다. 마음을 들키지 않으려고 나는 일행에게서 돌아선다.

— 여기까지 와서 왕따라니!

혼자 난간 밑으로 떨어지는 기분이다. 울컥 뭔가가 치밀어서 손수건을 찾는데 누군가가 내 손을 잡아끈다. 말라깽이다. 난희는 나를 그들의 원 속으로 집어넣는다. 네 사람이 나를 둘러싸고 뛴다.

"웃뜨웃뜨! 두, 드리자!"

단짝은 변덕쟁이

"너희 학교는 꼴찌도 스카이 간다며?"

— 꼴찌가 스카이를 어떻게 가. 인 서울도 어렵지.

단짝 친구처럼 붙어 다니라는 갈두 오빠의 말을 난희는 샴쌍둥이처럼 바짝 몸을 붙여서 다니라는 말로 이해했나 보다. 내가 몸을 떼면 난희는 다시 착 붙는다. 내가 걸음을 빨리하면 뒤에서 옷을 확 잡아끈다. 내가 이맛살을 찡그리는 걸 못 본 건지, 못 본 척하는 건지, 계속 혼자 떠들어댄다. 못 말릴 수다쟁이다.

"우리 학교는 전교 일등도 스카이 못 가. 웃기지? 웃기잖아? 웃어야, 돼, 너. 크크."

나는 몸을 비틀며 입술을 깨문다. 난희가 내 겨드랑이를 간지럼 태웠기 때문이다. 오빠가 뒤따라오면서 말한다.

"나니야. 수린이는 시를 써. 백일장에서 상도 탔어."

"시?"

시 같은 거 쓰게 생기진 않았는데, 라는 난희의 눈초리에 내 목덜미가 뜨거워진다.

— 오빠는 어디까지 알고 있을까. 엄마는 어디까지 오빠에게 얘기했을까.

외국에 데리고 가서 바람 쐬어주라는 것, 친구들 사귀게 해주라는 정도는 나도 짐작할 수 있다. 다른 일은 자존심 강한 엄마로서 말하지 않았을 것이다.

여행을 결정한 다음부터 엄마는 더 자주 내 방으로 왔다.

"작년을 생각해봐, 수린아. 친구들은 다 떨어졌는데 너만 합격했잖아. 특목고에 응시한 애들 중에 너 혼자만 당당하게 합격했잖아. 다른 아이들이 못하는 일을 넌 해냈어. 넌 특별한 아이야. 자신감을 가져."

퇴원하기 전, 병원에서 나는 거의 잠만 잤다. 머리가 아프지 않을 무렵, 친구들이 찾아왔다. 고등학생들이 시간을 내어 문병을 온 건 굉장한 호의였다. 엄마가 문병을 부탁한 게 분명했다. 학교에서도 이야기를 해본 적이 없었으므로 우리들은 할 말이 없었다. 더군다나 친구들은 시를 몰랐다.

"살 빠지니까 더 예뻐졌네? 나도 빈혈 좀 걸렸으면 좋겠다."

"너, 풍풍 달리아 가득 주워 마음이 들떠버렸네,* 란 시 아니?"

"장기 결석하면 성적이 안 나온다는데, 그럼 자동 휴학인가?"

"샐비어 따먹으며 헤벌쭉 웃었네,* 란 시도 꽤 유명한데, 알아?"

"많이 아픈가 보네?"

병원에서 퇴원하고도 나는 어지러웠다. 핸드폰과 컴퓨터를 뺏겨서 할 일도 없었다. 시간이 바위덩이처럼 무겁다는 걸 처음 실감했다. TV 보고, 시를 읽어도 시간은 제자리였다. 학교 다닐 때 나는 일 분 일 초의 시간을 쪼개어 썼다. 유치원생, 초등학생, 중학생, 고등학생 다음에 대학생이 되는 건 당연했다. 내가 휴학생이 되리라고는 상상해본 일도 없었다. 다시 복학해서 고등학교를 졸업할지도 미지수였다.

"건강이 먼저지. 학교는 안 다녀도 돼."

안 다녀도 되지만 복학하려면 먼저 어떤 변화가 필요하다고 엄마는 말했다. 나는 반대하지 않았다. 어떤 이유를 달아서라도 엄마만 안 보면 살 것 같았다. 갈두 오빠가 이끄는 사물놀이 주유나이 패의 해외여행에 따라가도록 아빠가 기회를 만들어주었다. 해외 교민들에게 한국 문화를 소개할 사람들을 파견하는 프로젝트에 한글 교사란 명목으로 낀 것이었다. 지도비는 없지만 대신 러시아 관광이 들어 있었다. 러시아는 내가 옛날부터 가보고 싶어

하던 나라였다. 시인 푸슈킨과 작가 톨스토이와 차이코프스키가
〈백조의 호수〉를 작곡한 에르미타주 박물관이 있는 곳이었다. 러
시아 여행을 결정하고서 엄마는 새 핸드폰과 컴퓨터를 사주었다.

"팀 중에 너랑 잘 맞는 아이가 있어. 천재야, 음악 천재. 춤도 끝
내주지."

갈두 오빠의 말에 따라 나는 동영상을 떠다니는 인물들을 유
심히 보았다. 악기를 치며 몸을 흔드는 네 사람 중에서 내가 찍은
아이는 유은우다. 얼굴이 둥글고 이목구비가 큼직한 은우가 붙임
성 있어 보였다.

성깔깨나 있어 보이는 말라깽이 이난희가 나와 잘 맞을 거라고
생각하다니. 오빠 기억 속의 박수린은 아직도 장난 좋아하고 끝
말잇기 잘하는 중학생인가 보다. 아니라면 생각 없이 아무 말이
나 지껄이는 이난희 같은 아이를 친구로 붙여줄 리가 없다.

"너 이소연처럼 생겼다."

카트를 밀고 다니면서 난희가 종알댄다. 갈두 오빠와 떨어져서
둘이 화장실을 찾아가는 길이다. 난희는 정말 대책 없는 수다쟁
이다. 눈과 코에 비해 얄팍한 입술로 계속 조잘조잘 떠든다. 내가
대답을 안 해도 기분 나빠하지 않는다. 대답 듣기를 포기했거나,
오빠가 뭐라고 했거나, 둘 중의 하나다.

"이소연 몰라? 헐, 외계인인가······. 외계인도 이소연은 알 텐데, 한국 최초의 여자 우주인을 모른다니. 내 바탕화면에 깔아놨어. 키 크고 눈코입이 동글동글한 언니, 꼭 너 닮았어. 난 첨에 네가 그 언니 동생인 줄 알았다니까."

내 컴퓨터 바탕화면에 뜨는 사람은 우주인이 아니라 준성 오빠다.

몽촌토성의 돌담에 올라앉아서 준성 오빠는 쥐와 고양이의 관계를 말해주었다. 고개를 뒤로 젖히고 시를 읊으면 목울대가 오르내렸다.

"나는야 고양이를 겁탈하는 쥐, 랄랄랄, 내 인생은, 피를 보고서야 멈추는 농담.*"

준성 오빠와 채팅하는 것을 엄마는 싫어했다.

"채팅은 친구들하고 해야지. 남자애와는 곤란해."

그런 건 대학 가서 해. 엄마가 삼킨 뒷말까지 나는 들었다. 어느 날 학교에서 돌아오니까 컴퓨터에 비밀번호가 걸려 있었다. 너무나 기분이 나빴다. 뭐라도 저지르지 않고는 견딜 수가 없었다. 나는 다이몬과 함께 몽촌토성으로 걸어갔다. 다이몬은 아빠가 외고 합격 선물로 사준 골든 리트리버였다. 처음 보았을 때, 바구니 속에 웅크린 모습이 얼마나 예쁘던지.

---

* 김언희의 「랄랄랄2」 중에서.

"다이몬!"

눈도 잘 못 뜨는 강아지에게 나는 내 이름을 붙여주었다. 다이몬은 내 일기 속의 주인공, 내 영혼의 이름이다. 다이몬과 함께 몽촌토성을 돌아다니는데 갑자기 소나기가 쏟아졌다. 나는 비를 피하려고 무조건 뛰었다. 당연히 다이몬이 따라올 줄 알고 고분 속으로 뛰어 들어갔다. 그러나 아무리 기다려도 다이몬은 오지 않았다. 비가 그친 뒤 이곳저곳 돌아다녔지만 금빛 털 오라기 하나도 찾을 수 없었다.

잃어버린 지 일주일 만에 다이몬은 토성 움집터에 나타났다. 나를 보자 입에서 거품을 뿜으며 쓰러졌다. 옆으로 자빠져서 엉덩이를 흙바닥에 문지르며 심하게 떨었다. 눈가에는 누런 눈곱이 흘러내렸다. 보드랍던 황금빛 털은 더럽게 뭉쳐 있고 군데군데 빠져 있었다. 동물병원에서는 우울증이라고 진단했다.

— 다이몬.

내가 잠을 자지 못하고 우니까 엄마는 나를 엄마 친구인 닥터 유에게 데려갔다. 닥터 유은 나에게 가벼운 우울증 증세가 있다며 약을 주었다. 하루 세 번, 약을 먹으면 내 몸은 곧장 다이몬도 준성 오빠도 엄마도 없는 곳, 잠 속으로 빠져들었다.

"줄이 기네. 여기로 가자."

화장실 앞에 사람이 많으니까 난희가 장애인 화장실의 빨간 버튼을 누른다.

"불법이에요."

"어? 수린, 목소리, 짱 예쁜데? 벙어린 줄 알았지."

"장애인 화장실 무단 사용은 사만 원, 장애인 주차장 무단 주차는 삼십만 원."

"별걸 다 아네. 염려 놔. 무단 사용 아니야. 자격증 있어."

— 장애인 화장실 자격증이라는 게 어디 있어. 거짓말. 거짓말은 사람의 마음을 더럽힌다고 우리 엄마가 그랬어. 그냥 줄 서자.

머릿속으로 흘러 다니는 말을 나는 난희에게 흘리지 않는다.

"난 줄 설래요. 안 급해요."

난희가 나를 똑바로 본다.

"안 까?"

"?"

"야, 우리 친구 아니야? 너 계속 존대 붙일래? 그럼 나 너랑 안 다닌다?"

"나, 나, 떨려서 그래."

"완전 꽉 막힌 범생이네? 어쨌든 불법은 아니야. 들어와. 싫음 말고."

톡 쏘고서 난희는 사람들이 쳐다보는데도 장애인 화장실로 들어간다. 자동문이 닫히기 직전에 나는 얼른 발을 뻗어서 문이 다시 열리게 한다. 내가 들어가자 문이 스르르 닫힌다.

"청소부 아줌마 오면 어떡해. 그냥 나가자. 나 참을 수 있어."

"자격증 있다니까. 우리 집에 애인 있어, 애인. 애인 몰라? 클클, 언니가 일급 장애인이야. 내가 보호자고. 장애인 보호자 자격증 보여줄까?"

"……."

언니가 장애인이라는 말을 즐거운 노래하듯이 말하는 아이를 나는 다시 쳐다본다.

"크, 이제 보니 열라 겁쟁이구나. 뻥이야, 뻥. 자격증은커녕 주민증도 없어. 수린아, 좀 비켜. 급해."

내가 보는 앞에서 난희는 원피스를 치켜 올리고 변기에 앉는다. 노랑 끈 팬티를 스타킹처럼 말아서 내린다. 내가 얼굴을 돌리니까 난희는 괴상한 웃음소리를 낸다.

"첨 보니? 하긴 첨 볼 거다. 공연 다니다 보면 익스큐즈 미 할 시간 없어. 빨리 일 보고 다음 장소로 튀어야지. 아유, 나도 네가 얼굴을 돌리니까 열라 뻘쭘하다야. 여자끼리 뭘 그래."

난희가 입을 다무니까 오줌 소리가 더 크게 들린다. 민망해서 나는 뭐 중요한 거라도 찾는 것처럼 주위를 둘러본다. 장애인 화장실은 처음 들어와 본다. 일반 화장실은 앉으면 무릎이 문에 닿는데 장애인 화장실은 트렁크 두 개를 놓아도 넉넉하다. 비상벨과 세면대와 수건이 있고 손잡이도 많다. 나는 공항 화장실에서 원피스를 청바지와 티셔츠로 갈아입을 생각이었다. 그러나 지금이 수다쟁이 앞에서 옷을 벗을 수는 없다.

"안 급하다고 했지?"

소변을 보고 나서 난희는 신발을 벗고 변기 뚜껑에 올라가 앉는다. 윗몸을 폴더처럼 접었다가 폈다가를 반복한다. 몸을 구십 도 좌우로 돌리니까 우두둑 뼈들이 기지개 켜는 소리가 들린다. 사물놀이 하는 사람도 운동선수처럼 자주 스트레칭을 해야 하는가 보다. 스트레칭을 끝낸 다음 난희는 변기에서 내려온다. 나가서 기다리라고 할까, 하다가 나는 그냥 변기에 앉는다. 너무 급하다.

"언니, 나야. 여기 공항. 엄마 어때? 또 울어? 정말 짱 나! 아, 왜 또 그래. 내가 러시아에 죽으러 가? 놀러가는 거잖아. 놀면서 돈 버는 거니까 걱정 말라고 언니가 잘 말해줘."

내가 소변보는 옆에서 난희는 큰 소리로 통화한다. 혹시 물소리가 전화 속으로 흘러들어갈까 봐 나는 찔끔찔끔 소변을 본다. 그래도 물소리가 커서 가슴이 둥둥거린다. 공간이 커서 소리가 크게 울리는 것 같다.

"응, 알았어. 엄마를 부탁해, 언니. 돈 아끼지 말고 꽁치 많이 사서 구워줘. 응, 염려 마. 비행기 한두 번 타? 언니나 잘해. 괜히 지난번처럼 사고치지 말고. 알았어. 응. 나도 사랑해, 언니. 로밍?"

나는 사실 난희가 알아서 화장실 밖으로 나가주기를 바랐다. 나간 다음 혼자 편한 옷으로 갈아입고, 상처에 스킨케어를 바를 생각이었다. 그렇지만 혼자 장애인 화장실에 있기가 두려웠다. 잘

난 체한다고 난희가 레이저 눈총을 쏘지 않을까, 겁나기도 했다. 할 수 없이 치마로 최대한 가리면서 팬티를 내려 일을 보는 중이다. 화장실에서 난희가 전화를 걸 줄은 미처 몰랐다. 알았으면 절대로 변기에 앉지 않았을 것이다.

"나 로밍 안 해. 너무 비싸. 글쎄 돈 많이 든다니까. 그러니까 전화는 이걸로 끝이야. 어떻게 하라고. 응? 응, 그럼. 매일 전화할게. 갈두 오빠 걸로 하든지, 친구 걸로 하든지. 아, 잠깐 기다려봐, 언니. 수린아, 너 전화 비싼 거지? 오오? 육육? 암튼 자동로밍 되는 거지? 전번 좀 줘, 빨리."

찔끔거리던 소변도 멈춘 채 나는 입을 연다. 전화번호를 부르는데, 얼굴과 목덜미가 화끈거린다. 비행기 타기 전, 핸드폰을 쓰레기통에 버리려던 계획도 까맣게 잊어버린다. 난희가 핸드폰을 닫는 것과 동시에 내 소변도 끝난다.

"수린아, 너, 바늘쌈진가 반짇고린가 그런 거 있어? 여행용 조그만 거 있잖아."

"네?"

"아유, 정말 같이 못 다니겠네. 네가 뭐야, 네가. 청학동 출신이니, 너? 존댓말 한 번만 더 쓰면 나랑 쫑이야, 쫑."

"알……았어."

"있으면 지금 좀 줘."

난희는 노란색 토트백의 내용물을 세면대에 쏟는다. 립스틱, 콤팩트, 마스카라, 매니큐어, 손수건, 팬티라이너…… 용도를 알 수 없는 물건도 있다.

"여행 시작도 하기 전에 소매치길 당하다니, 왕재수야, 정말."

"어……디서. 버스에서?"

"아니, 버스 타기 전에 당한 것 같아. 내가 버스 탈 때 내 등에 바짝 붙어 서서 운전기사한테 말 거는 남자들이 있었는데, 그놈들 같아. 버스 출발하고 바로 발견했으니까. 지갑만 쏙 빼갔어. 개새끼들!"

"으응?"

"뭘 놀래? 그럼 그런 놈들이 개새끼들이지 사람새끼니? 내 돈이 어떤 돈인데 그걸…… 아, 또 성질 더러워지네, 이거. 착한 내가 참아야지."

"여기……."

나는 숄더백에서 비상용품 손가방을 꺼내어 난희에게 준다.

"별거 다 들어 있네. 가위, 칼, 집게, 줄자, 옷핀……."

─그 백, 재수 없잖아. 그냥 버려.

내 생각을 들여다본 것처럼 난희가 대답한다.

"고쳐 써야지. 이래뵈도 메이드 인 이들리야. 울 아빠가 엄마 생일 선물로 사온 거거든."

"많이 없어졌어?"

"괜찮아. 돈만 조금 잃어버렸어. 요즘 소매치기 새끼들은 멍청

해. 누가 백에다가 큰돈을 넣고 다니겠어. 큰돈은 여기, 배에다 감췄지. 옛날 소장수들은 소 판 돈을 보자기에 싸서 배에다 두르고 다녔다고 엄마가 알려줬거든. 배 째기 전에는 못 가져가는 거지, 크크.”

난희는 자기 배를 손바닥으로 두들긴다. 큰돈 같은 건 들어 있을 것 같지 않은 길고 홀쭉한 배다.

“너, 내 말 안 믿는구나? 진짜라니까? 내 배 만져볼래? 어머, 또 얼굴이 빨개졌어. 너, 진짜 황당한 애다. 홍당무네, 홍당무.”

중학교 때부터의 내 별명을 알아맞히다니, 정말 귀신 같은 아이다. 난희는 내 손을 끌어다 자신의 배에 댄다. 병아리 색 원피스의 배 부분에서 몇 겹의 종이 같은 것이 만져진다.

“나 그래도 오늘 운이 좋아. 돈 몇만 원 잃어버린 건 살풀이한 셈 치지 뭐. 울 엄마가 그랬어. 나쁜 일이 생기는 건 살을 안 풀어서 그런 거라고. 먼 곳에 여행 갈 때는 소금 뿌리고 고수레~ 외쳐야 탈이 없댔어. 고수레~ 고수레~.”

한 손에는 실을 꿴 바늘을, 한 손에는 옆구리가 터진 토트백을 높이 들고서 난희는 허공에다가 고수레를 한다. 동서남북, 사방을 둘러가며 고수레를 하다가 세면대의 거울을 보고서 멈춘다. 난희는 거울 속의 난희에게 말한다.

“이난희. 너 오늘 운 좋아. 오늘 운, 정말 짱이야. 엄마 말 안 들었더라면 돈 다 날릴 뻔했어. 정말 운 좋은 날이야. 고수레~ 고수레~.”

"화장실에서 고수레라니. 무당 같아."

웃음을 참으면서 내가 말한다. 뜻밖에도 수다쟁이 난희는 내 말에 대답하지 않는다. 농담이었는데 대답이 없으니 진담이 되어버린다.

— 소매치기 당한 아이를 위로하지 못하고 무당 같다고 비웃다니.

미안했지만 나는 농담을 주워 담을 방법을 찾지 못한다. 바늘은 토트백에 잘 들어가지 않는다. 임시로 치맛단이나 꿰매기 적당한 바늘이어서 백의 가죽을 뚫지 못한다. 손끝을 찔리면서 몇 번 시도하다가 바늘이 부러지자 난희는 포기한다. 대신 가방 안쪽의 옷감을 옷핀으로 집어서 수리를 끝낸다. 겉보기에 감쪽같고 백 속의 물건을 흘릴 염려도 없다.

— 난희에게도 비밀이 있을까?

장애인 화장실에서 나온 뒤부터 난희는 나에게 말을 걸지 않는다. 무당 같다는 말에 기분이 상했나 보다. 트렁크를 부치고, 티켓을 받고, 입국장 줄에 서서도 난희는 침묵한다. 내가 잘 대답을 안 해서일 수도 있다. 대답을 들을 수 없다는 건 말하는 사람의 입장에서는 싫은 일일 것이다.

— 괜히 왔어.

자기 기분에 따라서 말을 하거나 말거나 하는 변덕쟁이와 이십 일 동안 다닐 생각을 하니 맥이 빠진다.

말라깽이의 비밀

"내가 창가 앉을래."

"내 표가 창 쪽이야."

"나 통로 싫어하는 거, 알잖아."

"나도 통로 싫은데……. 알았어. 비켜줄게."

먼저 들어가서 창가에 앉아 있던 난희가 일어난다. 은우와 더 실랑이를 벌이기가 싫은 모양이다. 창과 통로의 가운데에 앉아 있던 나도 난희를 따라서 일어난다. 둘이 통로로 나와서 은우가 들어가도록 길을 터준다. 장애인 화장실을 나온 다음부터 지금까지 난희는 나에게 눈길조차 주지 않는다. 내 눈치를 보지도 않는다. 쓸데없는 말을 마구 떠벌리는 난희보다 말 없는 난희가 나는 힘들다. 난희가 무슨 말이라도 꺼내면 얼른 대답하려고 나는 기다린다.

"아, 시원하다. 역시 비행기는 창가가 최고야. 구름 속을 달리는 기분이잖아."

자리에 앉아서 은우가 유리창 블라인드를 끝까지 올린다. 비행기 날개에는 러시아 국기인 하양 파랑 빨강 삼색기가 그려져 있다. 사실 나도 창가에 앉아서 밖을 보고 싶다. 내 좌석표가 가운데기 때문에 가운데 앉은 것뿐이다. 자기 표가 아닌데도 자리를 비켜달라고 요구하고, 그 요구를 들어주는 난희와 은우가 부럽다. 어려서부터 단짝이라고 갈두 오빠가 말해주었는데, 정말인가 보다.

"표 여깄어."

"너 비행기 첨 타니? 비행기는 기차처럼 검표하지 않잖아."

은우의 목소리가 지나치게 까칠하다. 그러나 듣는 난희는 아무렇지도 않은가 보다. 순순히 비행기 표를 도로 집어넣는다.

"아니, 나니야, 넌 통로에 앉으라니까. 가운데는 수린이 자리잖아."

은우 옆에 앉으려다 말고 난희는 내 눈치를 본다. 눈가가 벌겋게 짓물러 있다. 출국 면세점에서도 안 보이더니 어디선가 울고 온 모양이다. 난희는 다시 통로로 나와 서서 내가 들어가 앉은 다음 통로 쪽 좌석에 앉는다. 가운데 앉아서 나는 난희의 옆얼굴에 눈총을 박는다. 난희는 위아래 입술을 입 안으로 말아서 씹고 있다. 깡마른 몸피에 비해 볼 살은 오동통하다. 내가 계속 쳐다보니까 난희는 얼굴을 돌리지 않은 채로 왼쪽 눈을 감았다가 뜬다. 윙크다.

— 비밀이야.

— 뭐가?

윙크의 뜻을 몰라서 나는 더 눈을 뗄 수가 없다. 울 일이 뭔지, 지금까지의 시간을 곰곰이 되감아본다. 미팅 장소에서 만나 장애인 화장실에 갔다가 출국 수속을 밟을 때까지 우리는 줄곧 같이 있었다. 같이 웃뜨웃뜨할 때 난희의 몸짓이 젓가락 인형 춤추는 것 같아서 내가 좀 웃기는 했지만, 비웃은 건 아니었다. 비웃었다고 해도 그런 일로 화를 내거나 울 아이 같지는 않다. 소매치기 당한 것은 운이 좋은 거라고, 돈 몇만 원 잃어버린 건 살풀이한 거라고, 난희 스스로 말했다.

— 무당이라는 말 때문일까? 엄마와 언니 때문일까?

아무래도 화장실에서 통화한 것과 관련이 있는 윙크 같다.

— 언니, 나야. 엄마 또 울어? 정말 짱 나! 내가 러시아에 죽으러 가? 엄마를 부탁해, 언니. 돈 아끼지 말고 꽁치 많이 사서 구워 줘. 내 걱정 말고 언니나 잘해. 괜히 지난번처럼 사고치지 말고.

러시아 여행을 결정하고부터 나는 인터넷으로 사물놀이 패를 검색했다. 홈피와 아이들의 블로그를 댓글까지 빠짐없이 읽어보았다. 주유나이 패 사물놀이는 앰뷸런스 패, 청산가리 패만큼 인기가 많은 전통 타악기 그룹이었다. 고등학생 그룹의 활동이 웬

만한 전문가 그룹 못지않았다. 초등학교 체육대회, 중고등학교 축
제, 대학교 오리엔테이션, TV로 중계되는 전국 씨름대회에서도
초청받아 공연했다. 리더인 나갈두의 능력이 대단해 보였다. 오빠
는 채팅으로 팀원들을 소개해주었다.

　— 애들은 다 남사당의 후예들이야. 전통예술인의 삼세지. 두드
리는 감각이 천재야, 천재.

　— 넷 중에 오빠가 제일 잘하는 것 같아.

　— 나? 애들에 비하면 어림없어. 너, 모차르트와 살리에르, 김연
아와 아사다 마오의 차이를 아니? 하늘에서 내려온 예술가와 훈
련된 예술가의 차이 말이야.

　동영상에서 오빠는 꽹과리를 치고, 난희가 징, 은우가 장구, 영
배가 북을 쳤다. 내 눈에는 오빠가 제일 잘 두드리는 것 같았다.
오빠에게는 무대 매너랄까, 품위 같은 게 있었다. 그런데 다른 아
이들은 머리, 두 팔, 두 다리를 마구 흔들며 악기를 두드렸다. 정
신 나간 아이들 같았다.

　"그거, 뭐니?"

　은우는 무릎에 둥근 가죽가방을 안고 있다. 불편한지, 자꾸 자
세를 고쳐 앉는다.

　"장구야. 오동나무라서 가벼워."

　말하면서 은우는 나를 빤히 쳐다보며 픽, 웃는다. 내가 짐칸에

넣으라고 말할 것까지 계산하고 웃나 보다. 은우는 한 낱말에 이어질 서너 낱말까지 내다보는 아이 같다. 예고에서 은우는 작곡과, 난희는 무용과, 영배는 타악과라고 했다. 작곡과는 입학점수 5% 이내의 학생만 선택할 수 있다고 갈두 오빠가 말한 적이 있었다. 공부도 잘하고 음악도 잘하는 아이가 지금 나를 보고 픽, 웃는 것이다.

"왜 웃니? 내 얼굴에 뭐 묻었어?"

나도 웃기 싫지만 은우가 나를 보고 웃는 것은 더욱 싫다. 이유 없이 그냥 웃는 웃음은 비웃음일 것이다.

"아니, 그냥 너무 비슷해서 웃었어. 너, 우리 학교 국어 샘이랑 닮았어. 얼굴형이랑 코랑 눈빛까지. 혹시 네 엄마, 학교 샘, 아니니?"

깜짝 놀라서 나는 은우를 본다. 오빠가 우리 집안 이야기까지 아이들에게 했을까. 내가 휴학생이라는 이야기도 했을까. 나는 조그맣게 대답한다.

"맞아. 학교 샘. 국어 샘은 아니고 도덕 샘."

그런데 지금은 아니야. 휴직 중이야. 뒷말은 들리지 않게 잇댄다.

병원에서 잠만 잤기 때문에 나는 엄마가 왜 내 곁에 있는지 의심하지 않았다. 엄마가 휴직계를 냈다는 건 나중에 알았다. 나를 간호하기 위해서라고 했지만 아마도 나를 감시하기 위해서였던 듯하다. 집안에 일이 있을 때마다 아빠는 엄마에게 당장 학교를 그만두라고 했다.

"애한테 올인 해도 모자랄 텐데, 대체 몇 푼이나 번다고……. 그러다 애 망치면 다 당신 탓이야."

그러나 엄마는 단 하루도 교실을 비울 수 없다면서 교사 생활을 계속했다.

"난 아이들이 좋아. 아이들과 있을 때만이 사는 것 같아."

말다툼한 날이면 아빠는 오피스텔로 갔다. 엄마는 나에게 아빠는 문화재 반환 문제로 프랑스 대사관에 가셨다고 둘러댔다. 변명에 서툰 건 나도 엄마를 닮았다.

"나, 어린애 아니야, 엄마. 부부끼리도 의견이 다르면 얼마든지 싸울 수 있다고 생각해."

"그래, 그래. 역시 우리 딸은 달라. 천재야, 천재."

은우를 피해서 나는 얼굴을 난희 쪽으로 돌린다. 난희는 눈을 감고 있다. 그런데 은우의 눈은 이미 나에게 찰싹 붙어 있다. 피할 수 없으면 견뎌야 할 것이다. 나는 다시 얼굴을 은우 쪽으로 돌리고서 가볍게 말한다.

"우리 엄마가 학교 샘인 거, 어떻게 알았어?"

가볍게 말하니까 정말 기분이 조금 가벼워지는 것 같다. 나는 난희처럼 높은 목소리로 한마디 더 보탠다.

"오빠가 말했어?"

"오빠가 말 안 해도 그 정도야 척 보면 딱이지. 하얀 원피스 차림으로 똑바로 걷는 네 걸음걸이가 좀 그랬어."

"교사 집안 애들이 문제가 많대. 어떻게 스트레스를 줘야 성적이 오르는지를 잘 아니까. 그래도 우리 엄만 안 그래. 상담실장이거든."

우리 엄만 내 말이라면 뭐든 잘 이해해줘. 뒷말은 자른다. 선의의 거짓말은 상대방에 대한 배려라고, 남이 들어서 불편한 얘기는 피하는 게 좋다고 엄마는 말했다. 그러나 나는 은우를 더 배려하고 싶지 않다. 지금 내가 선의의 거짓말로라도 배려하고 싶은 사람은 난희다. 하지만 난희는 고개를 외로 꼬고 말참견을 하지 않는다.

"왠지 넌 힙합 바지 입고 길거리에서 막대사탕 빨 것 같지 않아."

"나, 막대사탕 좋아해. 특히 콜라사탕."

"너, 록바 가봤어?"

"그게 뭔데?"

"크크, 모를 줄 알았어. 쇼핑몰 배틀 장 가봤어?"

"말은 들어봤어."

"개콘은 아니? 웃찾사는 아니? 무도, 무릎팍도사 모르지? 완전 야만인이네. 그럼 넌 친구끼리 무슨 얘기하니?"

"그런 거 모른다고 다 야만인은 아니지. 사람마다 좋아하는 게 다르잖아. 난 시를 좋아해. 음악도 좋아해. 엠피스리에 꽉 채워왔어. 사물놀이도 들어 있어. 웃다리 풍물."

"그래? 장구도 쳐봤겠네?"

나는 대답하지 못한다. 중학교 음악 실기시험 때 장구를 만져본 게 전부다. 갈두 오빠는 한 번도 악기를 집에 가져온 적이 없다.

"나도 악기를 배우고 싶어. 대학만 들어가면 하고 싶은 게 너무 많아."

— 대학만 들어가면.

어느새 나는 엄마의 말투를 흉내 내고 있다. 하지만 엄마는 내가 대학에 들어가도 장구 배우는 걸 허락하지는 않을 것 같다. 고전 음악 말고는 음악이 아니라고 생각하기 때문이다. 은우의 얼굴은 가까이 맞대고 대화하기에는 부담스럽게 크다. 그래도 이마에서 곧게 뻗어 내려오다가 끝에서 뭉툭하게 꺾인 코는 무척 이지적으로 느껴진다. 사물놀이를 한다면 왠지 야성적이어야 할 것 같은데 은우의 분위기는 차분하다. 왜 국악을 하게 되었는지 궁금하다. 스튜어디스가 와서 은우의 무릎에 놓인 가죽가방을 가리킨다.

"Excuse me. Would you please stow your bag in the overhead compartment?(가방을 짐칸에 넣어줄까요?)"

껑다리 스튜어디스는 마음 좋게 생긴 러시아 아줌마다.

"스튜어디스가 네 가방을 짐칸에 넣어주겠대."

은우가 영어를 못 알아들은 것 같아서 내가 나선 것이다. 그랬더니 은우는 놀랍게도 직접 스튜어디스에게 대답한다.

"This is a Korean musical instrument. I'm a musician. I wanna keep it here.(이건 국악기예요. 저는 음악가구요. 제가 그냥 안고 갈래요.)"

"Oh, really? Then I will look for a place to keep it safe. Actually, you should have bought an extra ticket for the instrument.(그래요? 그럼 내가 악기를 안전하게 둘 곳을 찾아볼게요. 원래 악기 좌석을 사셨어야 하는 건데요.)"

"Sorry, I'm a student.(저는 학생이에요.)"

"Oh, student!(오, 학생!)"

스튜어디스는 피식, 웃음을 흘리며 간다. 학생은 대단한 특권이죠. 그런 웃음이다. 나는 혀를 깊이 말아서 뱉는 은우의 영어 발음에 놀랐다. 더욱 놀란 것은 내가 외고 영어과인 줄 알 텐데도 거침없이 말한 점이다. 외고에서도 미국 시민권이 있는 해외파들은 저희들끼리 어울린다. 나같은 연수파들은 될 수 있으면 영어할 기회를 피한다. 어설픈 발음으로 비교 당하느니 입 벌리지 않는 게 낫다.

"크크, 사실 나도 너 때문에 혀가 좀 꼬였어. 나, 집시 잉글리시거든."

은우는 가방에서 책을 꺼낸다. 한문 옆에 깨알 같은 설명이 붙은 『명심보감』이다.

— 떨어져 앉을걸.

외고생은 다 척척박사인 줄 알고 모르는 한자가 나올 때마다 은우는 나에게 물어볼 것이다. 영어라면 모르지만 한문에는 젬병인 걸 은우는 모를 터다. 나는 시집에서 일부러 긴 시를 고른다.

보기 1이 면도를 할 때
보기 2는 하품을 하고
보기 5는 딸꾹질
보기 6은……*

스튜어디스가 다시 와서 난희에게 말을 건다. 난희가 어리둥절해하자 은우가 통역한다.

"나니야, 이 스튜어디스께서 너를 일등석으로 모신단다. 네 자리에다 내 장구 놓으래. 얼른 따라가."

"나 혼자? 싫어. 심심해서 싫어."

난희가 없으면 심심한 사람은 나다. 갈두 오빠는 멀찌감치 떨어져 앉아 있고, 영배와 은우와는 아직 말을 틀 준비가 되어 있지 않다. 팔걸이 밑으로 손을 넣어서 나는 난희의 옷자락을 잡아끈다. 은우가 상체를 숙여서 난희를 보며 웃는다.

"그럼 내가 갈까? 일등석은 좌석도 넓고, 음식도 고급이라는데,

---

* 김언희의 「피치카토」 중에서.

난 한 번도 못 타봤어. 내가 가?"

"응."

"아니, 나보다 수린이가 좋겠다. 수린아, 너, 일등석 타봤지? 네가 가. 일등석은 너한테 어울려. 나도 가고 싶지만 특별히 너한테 양보하는 거야."

말 듣자마자 내 몸은 침대처럼 두터운 쿠션, 숲 향기가 가득한 일등석이 그립다.

미국 어학연수 갈 때에는 몸도 움직일 수 없는 이코노미 석에서 고생했다.

— 뭐든지 퍼스트가 좋지. 자리가 사람을 만드는 거야. 삼등석을 타면 삼류 인생이 되는 거라고. 왜 공부하는 줄 아니, 수린아? 대접받는 사람, 일류 인생이 되기 위해서야.

아빠는 유난히 삼등석을 싫어했다. 덕분에 나도 아빠와 유럽 여행을 할 때는 퍼스트를 탔다. 모든 것이 최고급이었다. 방학 중이었는데도 엄마는 미혼모 쉼터에 중요한 일이 있다면서 같이 가지 않았다.

널찍한 일등석에서 특별 요리를 대접받는 걸 싫어할 사람은 없을 것이다. 그러나 지금 내가 정말 난희와 은우 대신 일등석으로 가도 되는지 판단이 서지 않는다. 대답을 망설이는데 영배의 굵은 목소리가 들린다.

"걔가 왜 가. 나니가 가."

나는 몸을 일으켰다가 다시 앉는다. 호감과 비호감을 오가는 아이가 영배다.

— 쌈 빨고 싶을 때 날 찾아와.

처음 본 나에게 반말한 것도 기분 나쁘다. 영배는 덩치만 큰 게 아니라 콧구멍도 코털이 보일 정도로 크고 여드름도 많다. 피어싱하다가 덧났는지 귓불 끝에 고름이 맺혀 있다. 노란 머릿결에는 염색을 자주 한 티가 뚜렷하다. 스칠 때마다 영배에게서는 준성 오빠와 같은 냄새가 난다. 준성 오빠를 영배 같은 아이와 비교하기는 싫지만 냄새는 기분 나쁠 정도로 비슷하다.

"수린이가 가면 어때서? 내가 양보하는 건데."

"내 스타일 아니야. 딴 데 가서 놀라고 해."

"피이, 누가 너랑 사귀자니?"

"아무튼 나니가 가."

"참견 마. 우리끼리 알아서 할 거야."

"참견하면 어때서."

은우와 영배의 말씨름은 그치지 않는다. 스튜어디스 보기가 민망한지, 난희가 일어선다.

"정말 가기 싫은데……."

마지못한 듯 일등석으로 가는 난희의 뒤에서 은우가 종알거린다.

"외국 여행 많이 다녔으면 뭐해, 벙어린 걸. 내가 자기 통역인 줄 안다니까. 철판이라 미안해하지도 않아."

자주색 비로드 커튼 속으로 병아리 원피스가 사라진다. 은우를 적극적으로 밀지 않은 것이 후회된다. 은우를 일등석으로 보냈다면 난희에게 윙크의 뜻을 물어볼 수 있었을 텐데.

— 난 깍두기야. 한패가 아니라구.

내가 나설 자리가 아니라는 생각은 뒤늦게 온다. 은우와도 잘 지내야 할 것이다.

"오빠 말로는 너랑 난희랑 단짝이라던데……."

"단짝은 무슨! 그냥 같이 다니는 것뿐이지. 쟤, 원래 사물 아니고 무용이야. 쟤 엄마가 무용가거든. 춤 하나는 기똥차지. 춤 빼고는 지지리. 아, 참, 넌 이 바닥, 모르지? 그만하자."

갑자기 말을 멈추고 은우는 『명심보감』의 책장을 팔딱팔딱 넘긴다.

"너도 아까 공항에서 봤지? 탑승 시간이 됐는데도 안 오잖아. 쇼핑에 정신 판 거지."

"난희가 쇼핑했어? 난 몰랐어."

여권 심사대를 통과하자마자 난희는 온다 간다 말없이 사라졌다. 갈두 오빠와 은우와 영배도 보이지 않았다. 모두들 면세점에 갔나 보다, 짐작하고 나 혼자 게이트 앞에서 시간을 보낸 것이었다. 입 다물고 있기가 힘든지 은우가 다시 나를 본다.

"쟤, 공항 면세점을 얼마나 좋아하는데. 명품 찾아다니는 건 선수야."

"……."

"너, 내 말, 안 믿는구나? 혼자 엉뚱한 게이트에서 기다리는 거, 공연 다닐 때마다 준비물 하나씩 빼먹는 거, 빌려간 의상 안 돌려주는 거, 쟤, 전공이라니까. 기본이 꽝이야. 얼짱이라고 다들 대충 넘어가주니까 더 무신경한 거지. 아유, 그만할래. 더 말하다가는 네가 날 싫어할 것 같아. 친구 흉이나 보는 나를 네가 얼마나 한심하게 생각하겠니."

은우는 다시 『명심보감』의 접은 쪽을 열어서 열심히 보는 척한다. 나는 곧 은우가 다시 말을 걸리라는 걸 알고 있다. 한심하게 생각한 건 사실이지만 나 역시 궁금한 게 많다.

"어디선가 읽었는데, 인간문화재 선생님이 난희를 굉장히 칭찬하시더라. 징을 잘 친다고. 천재적인 감각이라고."

"피, 징이 잘 치고 못 치는 게 어디 있어. 장구잡이와 쇠잡이 중에 실력 딸리는 사람이 징 잡는 건데."

꽹과리 소리, 장구 소리, 북소리가 쏟아지는 속에서 난희는 징을 가끔 한 번씩 쳤다. 징채를 높이 던졌다가 받아서 치기도 하고, 징채를 몸의 좌우로 돌리다가 치기도 했다. 칠 때마다 둥근 징채 막대기 끝의 오색 헝겊 꼬리들이 공중에서 날개를 펴고 춤을 추었다.

— 잰 징을 몸으로 치네?

긴 생머리로 자기 얼굴을 마구 때리면서 연주하는 난희를 보고 엄마가 말했다.

"너, 나니의 별명이 뭔지 아니?"

"알고 싶지 않아."

재빨리 대답한다. 난희의 수다보다 은우의 걸걸한 목소리는 듣기가 거북하다. 머쓱한지 은우는 창밖을 본다. 나도 은우를 따라서 창밖으로 시선을 준다. 비행기가 심하게 흔들리던 끝에 땅을 차고 떠난다. 집, 길, 산이 점점 작아져 간다. 바다가 보이면서 땅은 저만치 멀어져서 축소판 한국 지도가 된다. 어디선가 고소한 음식 냄새가 난다. 기내 급식이 시작된 모양이다. 갑자기 배에서 꼬르륵 소리가 난다.

"와우, 소리가 장난 아니네. 너 배 많이 고픈가 보다."

은우의 말에 꼬르륵 소리의 범인을 찾아서 두리번거리던 사람들의 눈이 나에게로 쏠린다. 그러잖아도 큰 소리에 당황했는데 사람들이 쳐다보니까 내 얼굴은 홍당무가 된다. 카트가 다가오자 영배가 퉁명스러운 목소리를 날린다.

"Would you give me a glass of wine?(와인 한잔 주시겠어요?)"

시는 내 몸을 떠나지 못해

MOCKBA

러시아 글자는 알파벳과 비슷해도 발음 체계는 다르다. 여행을
준비하면서 러시아어를 공부했는데 지금 기억나는 건 셋뿐이다.

하라쇼(좋습니다)

쓰빠시바(감사합니다)

자지갈가(라이터를 빌려주세요)

라이터를 빌려달라는 러시아인은 게이라고 배낭여행 사이트에
서 읽었다. 모스크바 공항은 후텁지근하고 복잡하다. 나는 1달러
주고 카트를 빌린다. 난희가 얼른 자기 트렁크를 들어서 카트에

올려놓고 내 트렁크도 올려준다. 카트는 바퀴가 녹슬었는지 잘 움직이지 않는다.

"한국 카트와 달라. 손잡이를 완전히 내리지 말고 살짝만 내려서 밀어야 돼, 이렇게."

난희가 미니까 카트는 스르르 움직인다. 알았지? 난희가 나를 보며 싱긋 웃는다. 어느새 난희는 인천공항에서 조잘대던 수다쟁이로 돌아와 있다. 꿍치 굽는 언니에게 닿아 있던 마음이 다시 나를 찾아왔나 보다. 나는 얼른 대답한다.

"정말 그러네."

나는 입 다문 난희보다 지금처럼 무슨 말이든지 떠드는 난희가 편하다. 카트에 손을 얹고서 나는 난희와 나란히 걷는다. 공항 밖으로 나가자 끈적끈적한 공기와 함께 아이들이 달려든다.

"원 달러! 원 달러!"

한국이라면 놀이방이나 유치원에 다녀야 할 나이의 조무래기들이다. 대여섯 명의 아이들이 난희와 나를 에워싼다.

"아가야, 착한 누나가 왔다. 텐 달러."

서너 살 되어 보이는 거지 아이들 중에서 한 아이에게 난희가 십 달러를 준다. 돈을 받은 아이의 얼굴이 기쁨으로 환하다. 머리는 오랫동안 감지 못한 것처럼 엉켜 있고, 살갗은 때로 얼룩덜룩하다. 그래도 이빨이 드문드문 빠진 입을 크게 벌려 웃는 모습은 귀엽다.

“우웨이, 우웨이.”

아이는 돌아서서 이상한 소리를 지른다. 난희에게 받은 돈을 깃발처럼 높이 흔들며 뒤뚱뒤뚱 뛰어간다. 다리 한쪽이 짧은 절름발이다. 다른 거지 아이들이 우르르 뒤쫓아간다.

“너 미쳤니!”

뒤늦게 온 은우가 난희에게 빽 소리친다. 돈을 뺏으려는지, 큰 아이들이 어린아이를 자빠뜨리고 덮친다. 어린아이의 자지러진 울음소리가 섬뜩하다.

“거지에게 십 달러나 주다니, 주려면 일 달러를 주든지, 정말 돌겠네.”

난희의 얼굴이 익은 토마토 같다.

“어린 거지가 불쌍해서…… 다리를 절잖아.”

“불쌍해도 돈은 아껴야지. 벌써 시작이니, 나 골탕 먹이는 거?”

“내가 언제 널…….”

“아니면 뭐야. 아까는 일 달러도 없는 것처럼 굴더니 거지한테 십 달러를 주냐고.”

“아까는 한국 돈이 없어서 그랬지. 공항세는 한국 돈만 받잖아. 근데 너, 되게 까칠하다, 친구 사이에.”

나는 난희와 은우 사이에 선다. 나를 사이에 두고 둘은 언성을 높인다.

“네가 사장님 딸인 건 알지만 그래도 돈을 아껴야지. 십 달러면 큰돈이야. 초코파이 네 상자, 라면이…….”

“그만해, 여우. 네 돈도 아니면서 뭘 그래. 너, 정말 여우지? 백
년 묵은 여우.”

빠르게 쏘아붙이고서 난희는 내 뒤로 쏙 숨는다. 나는 난희를
잡으려는 은우를 가로막는다.

“수린아, 넌 나서지 마. 쟤 돈 없으면 공금으로 써야 돼. 리틀엔
젤스 다닐 때부터 그랬어. 쟤 때문에 돈 다 털린 적도 있어. 나, 러
시아까지 와서 이난희 따까리하기 싫어.”

“누가 너더러…….”

난희의 말을 들을 필요도 없다는 듯이 은우는 카트를 끌고서
가버린다. 나는 얼른 카트의 손잡이를 내려서 밀고 은우의 뒤를
따른다. 이번에는 난희가 나비처럼 사뿐히 카트에 손을 얹는다.

“쟤, 왜 저러니? 자기 돈이야? 내 돈 내가 쓰는데……. 옛날 딱
한 번 실수한 걸 갖고 맨날 난리야. 자긴 뭐 실수 안 하나.”

안 그래? 묻는 난희의 표정은 잘못을 따질 수 없게 만드는 갓난
아기 같다. 방긋방긋 웃는 갓난아기에게 왜 웃니? 라고 물을 수는
없을 것이다. 어느새 난희의 손이 내 손 위에서 같이 카트를 밀고
있다.

“넌 손이 참 차구나. 완전 얼음공주네.”

맑게 갠 목소리가 내 귀를 스친다. 양쪽 귓바퀴로 은방울들이
찰찰찰 스친 것 같다. 찰찰찰에 놀라서 내가 걸음을 멈추자 난희

가 나에게 외눈을 찡긋 감는다. 숱 많은 속눈썹이 쌍꺼풀 없는 길
쭉한 눈을 덮는다. 윙크가 정말 예쁘다.

환 영

나갈두, 박수린, 이난희, 유은우, 주영배 선생님
모스크바 금성학교 학생 일동

공항 밖에서 한 남자가 A4 용지를 들고 서 있다가 우리를 맞는
다. 남자는 자신을 모스크바 대학 음악연극과 이학년 홍기범이라
고 소개한다. 앞으로 이십 일 동안 우리를 도와줄 가이드란다.

"저기, 저 꼬마, 담배 피는 것 좀 봐. 기절하겠네, 정말."

영배가 지나가는 아이를 손가락질한다. 초등학생쯤으로 보이
는 아이가 담배를 피우면서 엄마와 걸어가고 있다. 내가 담배를
피운다면 엄마는 내가 담배를 끊을 때까지 백 번이든 천 번이든
설득할 것이다. 설득해도 안 되면 같이 죽자고 할 게 뻔하다.

"애들은 쇠가 썩어나나, 어떻게 이런 쇳덩어리를 길에 늘어놓
냐, 무식하게."

영배가 주차장의 쓰레기통을 발로 차다가 아얏, 괴성을 지른다.

난희가 미니까 까만 쇳덩이는 그네처럼 앞뒤로 움직인다.

"뚜껑이 없고 잘 움직인다. 쓰레기 쏟아버리기 좋겠네. 쓰레기 버리는 거, 정말 골치 아프거든. 봉투 값이 장난 아니야."

"네가 봉투를 사보기나 했어? 넌 쓰레기를 가방에 넣고 다니다가 버스정류장 쓰레기통에다 슬쩍 버리잖아."

나는 은우가 좀 지나치다고 생각한다. 난희와 은우가 잘 지내지 않으면 가장 불편한 사람은 나일 것이다. 다행히 난희는 은우의 말을 못 듣고 횡단보도를 건너간다. 나는 걸음을 빨리해서 난희를 쫓아간다.

"와, 여기 아줌마들은 다 슈퍼 뚱이네. 굴러간다, 굴러가."

"정말이네."

"너 다이어트하지?"

난희가 나에게 묻는다. 다이어트라니. 먹기 싫어서 안 먹은 적은 많아도 살을 빼려고 안 먹은 적은 없다.

"아니."

"왜 안 해?"

"내가 다이어트 해야 할 정도로 뚱뚱해? 나 정도면 정상이지. 대학 입시는 체력 싸움이라고 우리 엄마가 절대로 나 살 못 빼게 해. 너처럼 갈비는 고 삼 때 고생한대."

"깔깔깔!"

"왜 웃니?"

“그럼 외고 애들은 다 너처럼 뚱보겠구나, 깔깔깔. 우리 예고 애들은 물도 함부로 안 마셔. 특히 우리 무용과 애들은. 살찌면 잘리거든. 그렇지만 난 달라. 난 아무리 먹어도 살 안 쪄. 유전이래. 우리 집에서 사십사 킬로그램 넘는 사람은 없어. 엄마도 언니도 사십 겨우 넘어.”

“아빠도?”

“엉? 아빠?”

난희는 한참 뭔가 생각하는 눈치다. 대답이 없는 것으로 곤란한 질문을 했다는 걸 알았지만 돌이킬 수 없다. 만일 난희가 ‘우리 아빠는 뚱보야’ 그러면 ‘우리 아빠도 뚱뚱보야’라고 맞장구쳐줄 준비는 했다. 이윽고 난희가 명랑한 목소리를 낸다.

“우리 아빠는 갈비야. 나보다 더 말랐어. 그래도 체중은 우리 가족 중에 짱일걸? 아, 아빠 보고 싶다!”

“벌써? 집 나온 지 이틀도 안 됐는데?”

“……그런가? 넌 안 그러니? 금방 보고 돌아서도 또 보고 싶고, 금방 또 보고 싶고.”

— 나도 그런 사람 있어. 아빠는 아니지만.

언젠가는 난희에게 준성 오빠를 이야기해주고 싶다는 생각이 든다.

금성학교에서 보낸 차는 초록색 봉고다. 악기들과 트렁크들에게 한 자리씩 주고 여섯 명이 앉으니까 꽉 찬다. 갈두 오빠는 홍기범과 앉고, 은우는 영배와 앉는다. 더운데도 난희는 내 몸에 바짝 엉덩이를 붙인다. 차가 출발하자 에어컨 바람이 시원하게 돌아다닌다. 러시아에는 초고층 빌딩이 드물고 오층, 육층 건물이 대부분이다. 가끔 삼성, 현대, LG 등 우리나라 기업의 광고판이 지나간다.

"심심해, 수린아. 나랑 좀 놀아주라, 응?"

나는 얼른 가방에서 시집을 꺼내어 읽는다.

시는

내 몸을 떠나지 못하는

내, 구더기의

영혼*

"됐어."

다 읽기도 전에 난희는 등을 보인다. 시가 골치 아픈가 보다. 시를 읽어준 내가 잘못이다. 사물놀이 하는 아이가 시를 이해하는 건 내가 사물을 두들기는 것과 같을 것이다. 나는 시집을 가방에 넣는다. 난희가 홱 돌아앉더니 다짜고짜 나에게 쏘아붙인다.

"너, 삐졌지?"

---

* 김언희의 「시」 중에서.

“아, 아니야.”

— 지가 삐져서 등 돌렸으면서…….

 말하기 전에 나는 얼굴부터 빨개진다.

“너, 별명이 왕삐짐이지? 첨부터 알아봤어.”

“……미안해.”

심심하다고, 놀아달라고 해서 시를 읽어준 것뿐인데, 내 입에서는 미안하다는 말이 흘러나온다.

“미안하긴 뭐가 미안해?”

“그냥.”

“친구 사이엔 쏘리 없기다!”

고개를 끄덕이는데 눈물이 핑 돈다. 떠나기 전, 준성 오빠에게 미안하다고 말했어야 했다.

“멀미 나.”

“비행기에서 안 잤어?”

“못 잤어. 나, 잘 못 자.”

“불면증이구나. 울 엄마가 그러는데 잠이 안 올 때는 찬 맥주를 마시고, 이불을 머리끝까지 뒤집어쓰면 된대. 울 엄마도 불면증이거든. 늘 졸린 사람처럼 눈동자가 풀려 있어.”

“잠자는 게 너무 힘들어. 눈을 감으면 눈 속이 빨개. 해를 마주 보고 눈 감은 것처럼 새빨개져.”

“그렇구나. 너, 맥주 못 마셔봤지? 좋아, 내가 맥주 가르쳐줄게.

되게 쉬워. 그냥 마시면 돼. 처음엔 찝찔하지만 참고 마셔보면 나중에는 짱 시원해."

"맥주를……, 학생이 어떻게 술을……."

"깔깔깔, 너 짱 웃긴다. 학생이 어떻게 술을……, 깔깔깔. 너, 고등학생이잖아. 열일곱 살이잖아. 너, 시 쓴다며? 시인이 그렇게 꽉 막히면 어떡해. 울 엄마가 그러는데 옛날 같으면 우리 시집가서 애도 몇 낳았을 거래. 그런데 맥주도 못 마신단 말이야? 크크, 너, 공부 빼고는 다 꽝이지?"

내 얼굴은 또 홍당무가 되었나 보다. 준성 오빠에게도 이런 비슷한 말을 들은 적이 있다.

"네 시는 너무 깨끗해. 눈물과 고통이 없단 뜻이야. 태엽 감은 인형의 노래랄까."

통닭을 뜯다 말고 오빠가 나를 빤히 쳐다보았다.

"나도 고민 많아요, 오빠."

"알아, 다이몬. 어떤 작품은 정말 놀라워. 그런데 어떤 시는…… 솔직하게 말해도 되지? 어떤 시는 말장난 같아."

준성 오빠는 인터넷 시 카페와 블로그를 운영했다. 나를 만난 뒤부터 오빠는 시가 저절로 써진다고 고백했다. 작년에는 중앙 일간지의 신춘문예 본선까지 올라갔었다. '백제 왕의 꿈'이라는 제목의 시였다. 꽃처럼 적막한 저녁이 온다……, 이렇게 시작하는

「백제 왕의 꿈」을 나는 좋아했다.

"백제 왕은 나야. 난 나를 지킬 힘이 없어."

몽촌토성, 풍납토성, 아차산성을 버리고 도망가는 백제 왕. 백제 왕의 비장미 같은 것이 오빠에게서도 느껴졌다.

"우리 과에서 나는 왕따야. 가출, 자살, 연애도 못 해보고 그 흔한 해외 배낭여행도 못 가봤으니까. 동기들은 벌써 추산문학상 받고 펄펄 나는데 나는 예선 통과도 못하고 빌빌대니…… 아무 걱정 없이 시만 쓰고 살 수는 없을까? 문학을 포기해야 할까 봐."

"포기하지 말아요, 오빠. 좋은 시는 보석 같다고, 땅 속에 있어도 빛난다고 오빠가 말했잖아요. 오빠의 시는 정말 멋져요. 내가 도와줄게요."

뭘 어떻게 돕겠다는 생각도 없이 말한 것이었다. 말해놓고 보니 내가 할 수 없는 일은 없었다.

"너만 도와준다면…… 그럼 뭐든 할 수 있을 것 같아, 다이몬. 나 좀 도와줘."

닭 뼈를 내려놓고 휴지에 기름기를 닦은 다음 오빠가 손을 내밀었다. 아주 오래전부터 잡고 싶던 손이었다. 친구들은 다 누군가의 손을 잡고 다니는데 나만 아무것도 해본 것이 없었다. 나는 용기를 내어 내 손을 조금 내밀었다. 오빠가 내 손을 끌어다가 자신의 손 위에 얹었다. 내 손등이 홍당무처럼 빨개졌다. 손등이 빨개지다니, 처음이었다.

"꽝이란 말, 취소할게, 수린아. 맥주 맛을 알면 골치 아프니까 넌 배우지 마. 맥주 값이 장난 아니거든. 대신 이제부터는 삐지지 좀 마. 나랑 좀 놀아주라. 나, 심심한 거 딱 질색이거든? 가만있으면 우울해. 기분 나빠. 그냥 아무 말이나 하는 게 좋아. 난 말이 좋아. 울 엄마랑 울 언니랑 셋이 얘기할 때가 젤 좋아. 우린 셋 다 남의 말 끊어먹기 도사야. 무슨 말이든 끝까지 못 듣고 중간에 끼어들어. 크크."

세 여자가 수다 떠는 장면을 난희는 손짓 발짓으로 표현한다.

"심심해, 수린아. 나 좀 재밌게 해주라, 응?"

재밌는 게 뭘까, 궁리하는데, 갑자기 난희가 두 손으로 내 볼을 감싸 안는다. 양쪽으로 두 볼을 잡아당기고는 내 입 속을 훑어본다.

"이빨 교정하네?"

난희는 자기 입도 한껏 벌려서 보여준다. 나는 난희 입 속의 썩은 어금니까지 볼 수밖에 없다. 들쑥날쑥 치아 구조가 제멋대로다. 말할 때 입을 크게 안 벌리고, 가끔 손으로 입을 가리는 이유가 있었다.

"교통질서가 꽝이지? 교정하고 싶은데, 팔백만 원 든대. 넌 얼마짜리야?"

"?"

"이빨, 얼마짜리냐고."

"……."

"내 말 씹어?"

"몰라."

"모른다니."

"……."

"이빨을 얼마에 교정했는지, 어떻게 모를 수가 있어?"

나는 고개를 끄덕이는 수밖에 없다. 지갑은 갖고 다녔지만 엄마와 다니면서 돈을 쓴 적은 없다.

학원비도, 학원 앞에서 먹는 샌드위치 값도 엄마가 계산했다. 내가 지갑에서 돈을 꺼내는 경우는 준성 오빠와 다닐 때뿐이었다. 오빠는 닭 가슴살보다 닭 뼈에 달라붙은 살과 닭 뼈 속의 검은 부분을 즐겼다.

— 시는 할 말이 많을수록 짧아야 해. 닭 뼈처럼 쿨하게.

뼛속이 하얗게 되도록 빨아먹으면서 오빠는 말했다.

"아, 심심해 죽겠네. 뭐라도 해야지 돌겠어. 수린아, 나 시 좀 가르쳐주라."

"시?"

"그래, 시 배워서 시인 될래. 이난희 시인, 멋지지 않니?"

— 시인은 무슨! 시 전공인 준성 오빠도 등단을 못해서 쩔쩔매는데 네가 어떻게…….

그러나 나는 난희가 아무렇게나 쏟아내는 말이 마음에 든다. 난희가 이난희 시인이면 나도 사물놀이 징잡이가 될 수 있지 않을까? 봉고차의 유리창에 튀는 햇살을 보니 밖은 무척 더운 것 같다.

"내가 시 가르쳐주면 넌 나 맥주 가르쳐줄래?"

"맥주는 왜 배워, 외고생이."

"외고생, 외고생, 하지 마. 나, 외고 싫어."

"알았어. 그런데 맥주는 배워서 뭐할 거냐구."

"배워서……."

― 배워서 너랑 마실래.

그러나 말이 안 나온다.

"깔깔깔!"

갑자기 난희가 배를 움켜쥐고 웃는다. 활짝 벌어진 입 속에서 두 개의 덧니가 같이 깔깔거린다. 뭐가 그렇게 우스운지……, 비웃음이라고 생각하고 싶지 않다.

"그래. 수린아, 맥주 가르쳐줄게. 맥주를 배워야 인생이 편하댔어, 울 엄마가. 깔깔깔!"

해골의 침묵

봉고차는 도시를 벗어나서 한쪽은 호수, 한쪽은 숲인 길로 들어선다. 하얀 자작나무 숲길을 지나자 빨간 글라디올러스가 늘어선 꽃길이 나타난다. 심심하다고 종알대다가 난희는 나에게 기대어 잠잔다. 내 어깨는 난희의 침으로 따듯하다. 이상하게도 더럽다는 느낌이 안 든다. 돌담에 속삭이는 햇살 중에 나는 돌담, 난희는 햇살 같다. 내 기억 속에는 누군가가 내 어깨에 기댄 적이 없다.

부모님과 여행 갈 때 나는 뒷자리에 혼자 앉았다. 수학여행 때에도 나에게 기대는 아이는 없었다. 누구나 혼자 자기 무릎에 가방을 놓고 그 위에 엎어져서 잤다. 옆 사람에게 기내는 건 실례니까 어깨에 침을 묻히는 일 따위는 물론 일어나지도 않았다. 만일 그런 사건이 생기면 누군가 핸드폰으로 찍어서 날릴 게 분명했다.

차가 오층 건물 앞에 멈출 때 나는 난희를 깨운다.

“어? 침 흘렸네? 미안, 미안. 옷에 묻었나 봐. 어떡해?”

“괜찮아. 우린 친구잖아.”

“어? 그거 내 버전인데.”

난희는 손수건으로 내 어깨를 닦는다. 내 원피스의 어깨끈이 침으로 얼룩져 있는 것을 나는 못 본 척한다. 새삼 인천공항 화장실에서 청바지와 티셔츠로 갈아입지 못한 것을 후회한다. 난희 앞에서 체면 차리다가 지금까지 불편한 옷을 입고 있는 것이다. 한국을 떠나 러시아에 도착한 지금까지 엄마가 준 옷을 입고 있다니! 옷 하나 마음대로 갈아입지 못하는 자신이 한심하다. 하지만 비행기의 화장실은 너무 좁아서 옷을 갈아입을 수 없었다.

— 하지만 엄마, 그렇지만 엄마, 나도 그러려고 했는데 엄마…….

엄마 앞에서 끊임없이 변명하던 자신의 모습이 떠오른다. 여기는 러시아다. 엄마의 사정권을 벗어나서도 엄마의 탯줄에 묶여 있는 선 내 문제다. 나 자신에게까지 변명의 노를 날 필요는 없나고 나는 자신을 타이른다.

“코 안 골았어?”

난희의 물음에 나는 고개를 좌우로 흔든다. 입을 약간 벌리고 낮게 코를 골면서 자는 난희의 모습은 아빠와 비슷하다.

아빠는 출근 준비하면서 습관적으로 텔레비전을 틀었다.

"티브이 좀 꺼요. 학교 가는 애, 정신 사나워요."

"애도 뉴스는 봐야지. 세상 돌아가는 걸 알아야 제대로 논술을 쓸 수 있어."

전쟁의 참상을 다룬 6·25 특집 다큐멘터리였다.

"새우등 터지기 전에 고래싸움을 막아야 해. 전쟁을 미리 막지 못하면 끝이야. 우리 수린이가 쟤네들처럼 전쟁고아가 되면 안 되지."

눈을 뜨고 누워 있는 아이의 목덜미로 발이 수십 개 달린 긴 벌레가 기어가고 있었다.

"자알 오셨습네다. 환영합네다."

건물 앞에 모여 있던 사람들이 봉고차로 다가온다. 한복을 입은 여자가 두 팔을 크게 벌리며 우리를 맞는다. 검은 파마머리를 보면 아줌마 같고, 얼굴의 주름을 보면 할머니 같다.

"반갑습네다."

"안녕하세요, 엄멜리 교장 선생님이시죠? 저는 나갈두입니다."

"아, 팀장님? 이름이 특이해서 기억합네다. 먼 길에 고생했습네다."

교장 선생님이 우리를 둘러본다.

"누가 박수린 학생입네까?"

아이들의 시선이 나에게 쏠린다.

"박수린 학생, 반갑습네다. 박민우 처장님께 말씀 많이 들었습
네다. 천재라고, 자랑을 많이 하시더군요. 따님을 아주 많이 사랑
하는 아버님이십네다."

"아, 네……."

교장 선생님은 뚱뚱한 몸으로 나를 껴안는다. 몸을 빼내지 못
하는 나에게 고스란히 누린내를 옮겨준다. 러시아 사람들이 잘
먹는다는 양고기 냄새 같다.

폐경 되니까 살이 눈사람처럼 불어난다고 엄마는 걱정했다.

"너 없는 이십 일 동안 팔 킬로그램을 빼고야 말겠어."

"가능한 걸 약속해야지. 팔 킬로그램은 지나쳐."

엄마는 아빠의 말을 듣는 둥 마는 둥 했다. 엄마 생각에 내 우
울증의 무게가 꼭 팔 킬로그램인가 보다.

"운동과 기도는 똑같아. 지루하지만 보람이 있어. 너도 이십 일
동안 건강해져서 돌아와. 알았지?"

까만 약병을 챙겨주면서 엄마는 몇 번이나 말했다.

"정 힘들면 한 알만 먹고 견뎌봐. 두 알 먹으면 회복은 빠르지
만 몸에 나쁘단다."

내 약속을 받아내고 싶어 하는 걸 나도 알고 있었다. 비만증이
엄마 뜻이 아니듯이 우울증도 내 뜻이 아니었다.

"뭔 시추에이션이야?"

교장 선생님을 따라서 강당 안으로 들어서면서 영배가 말한다. 강당 안에는 어른들이 많다. 모두 중요한 파티에 가는 사람들처럼 한복과 양복 정장 차림이다. 교장 선생님은 무대에 올라가서 주유나이 패의 경연대회 수상 실적 등을 소개한다.

"자, 지금부터 여러분에게 장구를 지도하실 선생님을 한 분씩 소개해 올리겠습네다. 나갈두 선생님!"

한 줄로 서 있다가 교장 선생님이 호명하면 무대 중앙으로 나가서 인사를 한다. 나는 이런 순서가 있는 줄 예상 못했다. 영배를 소개한 다음 교장 선생님은 내 이름을 부른다.

"한글 강습을 맡으신 박수린 선생님!"

"칵칵, 너더러 선생님이란다, 선생님. 박수린 선생님 부르잖아. 얼른 나가서."

멈칫거리는 내 몸을 영배가 떼민다. 동갑인데 자기 이름을 부를 때는 대단한 선생님인 것처럼 인사하고는 나를 비웃는다. 거리에서도, 봉고차 안에서도 카악, 가래침을 올려 뱉는 게 정말 지저분하다. 하지만 지금은 영배와 다툴 상황이 아니다. 비웃음을 갚을 기회는 언젠가 올 것이다. 나는 조심스럽게 무대 중앙으로 나산나. 걸을 때마다 무릎 높이의 원피스 밑단에 웨딩드레스처럼 촘촘하게 박힌 구슬이 반짝거린다. 내가 좋아하는 바비 인형의 옷 중 하나를 모델로 삼아서 맞춘 원피스다.

나는 두 손을 앞으로 모으고 허리를 굽힌다. 빨개진 목덜미까지 사람들에게 보인다는 걸 생각하니까 발바닥까지 화끈거린다. 어지럽다. 원피스만 벗으면 숨쉬기가 편할 것 같다. 새삼 엄마가 원망스럽다. 걸어 들어오는데 사람들이 뒤에서 비웃는 것만 같다.

"여러분, 특히 지금 소개해 드릴 이난희 선생님은 한국 무용 경연대회에서 학생부 대상을 탔다고 합네다. 전설적인 무용가 최승희의 춤맥을 받은 할머니와 어머니한테 춤을 배웠다고 합네다. 한국에서 춤을 제일 잘 추는 춤꾼인기라요."

"저 노인네, 뻥 죽인다. 야, 젓가락, 사람들이 널 최승흰 줄 알겠다."

영배가 클클 댄다.

"글쎄, 이놈의 인기는 어딜 가나 못 말린다니까."

내 귓속에 빠르게 말을 쏟아 붓고서 난희는 병아리 색 원피스를 팔랑이며 나간다. 두 팔을 벌리고 피겨 선수 김연아처럼 빙그르르 돈 다음 한 손을 배에 둔 채 살짝 허리를 굽힌다. 사람들의 탄성과 박수와 웃음소리가 터진다. 반응이 좋으니까 교장 선생님의 기분도 좋아 보인다. 소개가 모두 끝나고 밋떡게 서 있는데 교장 선생님이 다가온다.

"공연은 언제 시작합네까?"

"공연이요? 무슨…… 말씀이신지요."

"공연 말입네다. 작년에는 장구 치는 사람, 춤추는 사람, 오자마자 공연했습네다. 기레 저 사람들 오늘 종일 여러분을 기다렸습네다. 좋은 공연 해주실 기라고 믿습네다.”

“저희는…… 그런 말 못 들었는데요. 장구 강습하고, 마지막 날 수료식 삼아 공연하는 걸로만…….”

“기게 정말입네까?”

교장 선생님의 큰 몸이 버터처럼 굳어간다. 친절하게 대하던 표정도 사라져간다. 앞섶이 긴 미색 저고리와 까만 구두 위로 깡둥 올라온 자주색 치마가 더워 보인다.

“정말입네까? 오늘 공연 없습네까? 기럼 팩스나 메일로 미리 얘기해주시잖구.”

실망을 넘어 절망하는 교장 선생님 앞에 갈두 오빠도 할 말을 잊은 것 같다.

“뭔 시추에이션인지 이제 알것다. 어쩐지 모두들 결혼식 옷차림이더라니, 흐흥.”

중얼거리는 말끝에 영배는 코웃음을 단다.

“그러니까 저 노인들이 앞으로 우리가 가르칠 학생이라는 거지?”

“당근! 저 러시아 교민들에게 잘 보여야지, 아니면 붉은 광장, 굼 백화점, 에르미타주 여행은 꿈 깨라는 거지.”

“할 수 없지. 자, 얼른 짐 풀어서 연장 꺼내.”

“형, 지금 우리더러 공연하라구?”

“어떡해. 나도 미리 연락 못 받은걸. 그렇다고 저 어른들을 그냥 해산시킬 수는 없잖아. 옷차림 좀 봐. 한국에서 사물놀이 공연에 저렇게 완전 정장하고 오는 관객 봤어? 우리에게 최대한의 예의를 차리다니, 나 감동 먹었어.”

“한 번 맞춰보지도 않고 어떻게 공연을…….”

“노인정에서 재롱 잔치 하는 셈 치자.”

“그래도 무댄데 리허설도 없이 어떻게…….”

“하루 이틀 연습 안 했다고 실력이 녹슬었겠어?”

오빠의 마지막 말에 영배의 눈꼬리가 올라간다.

“녹슬었어, 형.”

“또 엄살 시작한다, 주영배. 빨리 연장이나 꺼내. 어른들 기다리다가 다 쓰러지실라. 상황을 봐. 공연을 안 할 수 없잖아. 내가 먼저 판 깔 테니 다들 준비해. 다른 선택은 없어.”

“또, 시작이다. 무대 중독증. 살 판 죽을 판 가려서 판 벌여야 한다고 한 사람은 형이잖아.”

“관객이 있는 곳은 다 살 판이야.”

“형, 오늘 이상하네? 겨우 하루 이틀 꽹과리 안 치더니 손목이 근질거리나 봐.”

“돌배야, 우리 따지지 말고 그냥 놀자, 응? 그냥 너와 나, 북과 꽹과리, 한판 벌이자.”

“뭐, 난 어차피 형 따라 가는 거니까. 하지만 금쇠가 아까워.”

포기했는지, 영배는 조그만 케이스에서 담배를 꺼내 문다. 은우가 얼른 뺏어서 반 동강 낸다.

"금쇠가 뭐 아깝냐. 두드려야 금쇠지. 아깝기는커녕 놀고 싶어 죽겠어."

"나두야, 오빠. 춤추기는 싫지만, 이렇게 사람 많은 데서 춤 안 추면 엄마한테 혼 나. 그런데 오빠, 출연료 얘기는 된 거예요?"

오빠가 대답하지 않으니까 난희는 입술을 삐죽인다. 은우가 난희를 무대 뒤편으로 끌어간다.

— 차르르르…….

어느새 갈두 오빠는 손에 꽹과리를 들고 있다. 나무채 끝에 달린 차돌처럼 동글고 단단한 나무방울로 꽹과리를 건드린다. 살짝살짝 건드리기만 하는데도 가늘고 높은 쇳소리는 아침 햇살처럼 강당 안으로 퍼져나간다.

오빠의 꽹과리는 잡쇠를 넣지 않고 순금으로만 만든 금쇠라고 했다. 게시판에서 누군가가 정말 오백만 원어치 금으로 만들었냐고 물었다. 믿거나 말거나란 댓글이 붙어 있었다.

내 귀에는 진짜 순금으로 만든 금쇠 소리로 들린다. 아니라면 어떻게 작은 구슬들이 흘러내리는 듯한 저런 소리를 낼 수가 있을까.

— 차르르르…….

표현할 수 없을 때는 침묵이 최고라고 준성 오빠는 말했다.

"침묵은 최고의 시야. 말해주어야만 아는 건 아주 조금 아는 거야. 마음으로 아는 건 전부를 아는 거지."

돌칼로 사냥하던 선사시대 사람들이 어떻게 위대한 백제를 세웠는가를 침묵으로 알아들어야 한다고 오빠는 말했다. 토성의 벼락 맞은 고목과 적석총의 침묵은 나에게 너무 버거웠다. 역사관에 진열된 세발토기, 고리자루칼도 무거웠다. 가장 무거운 것은 해골이었다. 유일하게 공개된 백제 시대 무덤 속에는 손을 잡고 누운 해골 두 구가 있었다.

"우리 둘이 누워 있는 것 같지?"

해골들의 침묵을 내가 알아듣기를 오빠는 소망했다. 그러나 나에게는 너무 무거운 소망이었다. 나 자신도 나를 잘 모를 때가 많았다. 때로는 내가 뭐든지 다 아는 어른 같고, 때로는 아무것도 모르는 아이 같았다. 부모님도 나를 이중으로 대했다.

─넌 다 컸어. 몸도 마음도 어른이야. 네 일은 네가 책임져야지. 아무도 네 일을 대신해줄 수 없어.

─넌 아직 아이야. 고등학생이잖아. 미성년자가 뭘 하겠니. 염려 마. 네가 원하는 건 뭐든 다 해줄 수 있는 부모가 있잖아.

나는 내가 혼란스러웠다. 누군가가 절실하게 필요할 때에는 아무도 곁에 없었다.

─차르르르…….

나는 갈두 오빠의 차르르르 소리에 뭐라고 대답하고 싶다. 큰 소리로 대답하고 싶다. 나는 침묵이 싫다. 그러나 나는 나를 표현할 방법을 잊었다. 병원에 입원한 뒤로, 퇴원해서 지금까지 나는 단 한 줄의 시도 쓰지 못했다.

— 당기당 둥기당기.

오빠가 끝나고 난희가 MR CD 반주에 맞추어서 무대로 나간다. 분홍색 치마, 노랑 저고리의 무용복 차림이다. 왼손에 소고, 오른손에 소고 채를 들고 두 팔을 벌린 채 어깨를 살랑거리며 난희는 무대를 돌아다닌다. 두 볼 가득 미소를 머금고, 가끔씩 덧니를 활짝 보이며 춤을 춘다. 어떻게 모르는 사람들 앞에서 저렇게 웃을 수 있을까. 춤까지 추면서.

— 아리랑 아리랑 아라리요, 아리랑 고개로 넘어간다~.

난희의 춤으로 강당은 환하게 물든다. 교장 선생님과 교포들의 주름투성이 얼굴이 활짝 펴진다. 폴더폰으로 인증샷을 찍는 사람도 여럿이다. 드물게 스마트폰도 보인다.

"역시 나니가 짱이야. 저 노인들, 벌어진 입 좀 봐. 통 돌릴까, 형?"

영배가 엄지와 검지를 동그랗게 말아서 갈두 오빠에게 내민다. 모금하자는 것 같다. 오빠는 꽁지머리가 흔들리도록 강하게 고개를 젓는다.

"참아."

"그럼 출연료 얘기 끝난 거야, 교장 샘하고? 나니는 공짜로 춤 안 추잖아."

"그건 나중 일이고."

— 나를 버리고 가시는 임은 십 리도 못 가서 발병난다.

나의 마음은 난희를 따라서 돌아다닌다. 두 팔과 두 다리가 사뿐사뿐 나는 듯 춤을 춘다. 사람들은 꽃밭에 초대받은 것처럼 들뜬 표정으로 난희의 춤을 구경한다. 그러나 내가 초대받은 곳은 까맣게 죽은 앵두나무 밑이다.

— 죽은 앵두나무. 죽은 앵두알. 죽은, 다시는 살 수 없는, 살아서는 안 되는 생명.

생명은 다 귀하다고 엄마는 말했다. 엄마는 늘 묵주를 돌리며 고통 받는 이웃을 위해 기도했다. 방학 때에는 매 맞는 아내들의 쉼터 상담원으로, 미혼모 보호원의 자원 봉사자로 보수 없이 활동하고 이름 없이 기부했다.

"천 원이면 삼십 명의 아이가 물을 먹을 수 있어. 만 원이면 삼십 명이 빵을 먹을 수 있고, 십만 원이면 삼십 명이 공부할 천막을 지을 수 있어. 내가 번 돈으로 남을 도울 수 있다는 게 얼마나 감사한 줄 아니?"

얼마 전까지만 해도 엄마는 세상에서 가장 멋진 나의 멘토였다. 천사는 악마의 또 다른 얼굴이라는 걸 알기 전까지.

오빠를 믿지?

금성학교 학생은 대부분 러시아에 거주하는 교민의 자녀들이다. 방학에는 빈 교실을 이용해서 학부모를 상대로 금성 여름학교를 연다. 한국 문화관광부의 후원으로 열리는 여름학교는 이십오 년의 역사를 갖고 있다. 국교 수교가 되기 전부터 한·러 관계의 발전을 위해서 한글, 무용, 장구 강사를 지원해오고 있다. 작년에는 유명한 사물놀이 패가 왔다고 한다. 올해는 예산상 전문가를 못 보내겠다고 해서 여행 삼아 올 고등학생들이라도 보내달라고 했다고 교장 선생님이 말했다. 알고는 있었지만 직접 와보니까 한국 정부와 아빠의 역할이 대단하게 느껴진다.

— 괜히 왔어.

나는 한글 강습 첫 시간에 후회했다. 한글을 가르치는 일은 생각보다 까다롭다. 한국말을 잘한다고 한글을 잘 가르치는 건 아니다. 한글이 이렇게 어려운 말인 줄은 몰랐다. 사람들로 꽉 찬 교실에 들어서면 숨이 막힌다.

아이들이 어려운 말을 알아듣고 눈을 반짝일 때 보람 있다고 엄마는 말했다.

"나도 네 나이 때에는 힘들었어. 이렇게 살아서 뭐 하나, 공부해서 뭐 하나……, 나쁜 생각 많이 했지. 정말 아슬아슬하게 살았어. 그래서 우리 아이, 우리 학생들만큼은 고생 안 시키고 싶어."

가출한 남학생을 엄마가 호프집에서 찾아내어 집으로 데려온 적이 있었다. 부모가 싸우는 게 싫어서 가출했던 그 학생은 부모가 이혼 수속을 밟는 동안 우리 집에서 학교에 다녔다. 이강국은 소설가 지망생이어서 단번에 이야기가 통했다.

—『아Q정전』, 『러브레터』, 『뱀파이어』…….

강국이가 준 목록대로 나는 인터넷 주문을 했다. 나는 일본 소설과 중국 소실의 세세에 흠뻑 빠져들었다. 우리는 책을 들려 읽은 다음 각자 방에서 채팅으로 이야기를 나누었다. 같이 앉아 있는 걸 엄마가 좋아하지 않기 때문이었다. 강국이가 아빠 집으로 간 뒤에도 우리는 저녁마다 페이스북에서 만났다. 처음으로 친구다운 친구가 생겨서 좋았는데, 강국이가 갑자기 연락을 끊었다. 이유가 뭐냐고 문자를 보내니까 간단한 대답이 돌아왔다.

― 너의 거룩하신 어머니께 물어봐.

장경아란 여학생과도 친하게 지냈다. 경아는 스스로 학교 옥상에서 떨어진 아이였다. 고아원에서 학교를 다니던 경아는 임신한 상태였는데, 다행히 한쪽 어깨와 팔에 상처만 입고 둘 다 살았다.

"세상에, 어린 것이 겁도 없지. 하느님이 만드신 작품을 죽이려 하다니, 다시는 안 그러겠다고 약속해. 선생님이 도와줄게."

일단 휴학하고 우리 집에서 지내다가 아기를 낳자. 모자 보호원에서 쉬다가 아기를 영아원에 맡기고 복학하고, 졸업한 다음 취직하면 아기를 데려다가 기를 수 있다. 그때까지 좋은 대모가 되겠다, 고 엄마는 경아에게 약속했다. 우리 집에서 지내는 몇 달 동안 경아는 나를 언니라고 불렀다.

"언니, 목욕하자, 언니, 응?"

같은 나이지만 생일이 며칠 빠르니까 내가 언니라는 거였다. 나도 동생 있는 친구들이 부러웠으므로 싫지 않았다. 목욕할 때가 제일 재미있었다. 목욕하면서 나는 경아의 둥근 배를 만져보고 아기의 숨소리를 들어보았다. 어떻게 남자 친구를 만났는지, 어디서 연애했는지를 경아는 다 이야기해주었다. 준성 오빠를 만나기 시작할 때여서 나는 경아의 한마디 한마디가 몹시 흥미로웠다.

"어머! 그래? 또? 콘돔인가 그런 것도 인 하고? 어디서? 그렇게 기분이 좋아?"

내가 놀랄수록 경아는 더 열을 내서 묻지 않는 일까지 다 말했

다. 어떤 때는 나를 남자와 손도 안 잡아본 초등학생 취급하며 몸
짓으로 성교 흉내까지 냈다. 모두 성교육 시간에 배우고 아우성
(아름다운 우리들의 성) 비디오로 본 것이지만 재미있었다. 경아는
중학교 때부터 남자를 사귀었고, 원조교제 경험도 있는 아이였다.
재수가 없어서 별로 좋아하지도 않는 남자의 아이를 갖게 된 것
이라고 했다.

"언니, 내 남친 소개시켜줄까? 딱 한 번만 해봐. 기분 짱 좋다니까."

내가 까무러칠 듯이 놀라니까 경아는 장난이라며 허리를 꺾고
웃었다. 그렇지만 내가 원하기만 한다면 경아는 자기의 남자 친
구를 나에게 소개시켜줄 아이였다. 출산을 앞둔 어느 날 고아원
원장이라는 아줌마가 찾아왔다. 엄마가 지원을 약속해도 원장은
고집을 꺾지 않았다.

"인도주의? 좋아하시네. 다 당신 같은 사람들이 애들 망쳐놓는
거 알아요? 미혼모가 낳은 아이를 우리가 겨우 사람 꼴로 키워놨
더니 다시 미혼모 만들고……. 사회적 비용이 얼마나 드는지 짐
작이나 해봤어요?"

나중에는 엄마에게 삿대질까지 하고 경아를 뺏어갔다. 원장이
아기를 낙태시키고 경아를 지방으로 전학시켰다는 소식이 들려
왔다. 엄마는 너무나 가슴 아파했다.

"아기를 죽이다니 살인자야, 살인자. 눈코입이 멀쩡히 살아 숨
쉬는 아기를 조각조각 꺼내다니, 산부인과 의사들은 모두 천벌

받을 거야!"

　나도 가슴이 아팠다. 아기가 발로 찰 때마다 둥근 배가 볼록볼록했는데, 귀를 대면 쿵쿵 심장 뛰는 소리가 들렸는데, 태어나면 동생처럼 예뻐하려고 했는데……. 아기도, 경아도 나를 혼자 두고 가버렸다.

　―가, 갸, 거, 겨, 고, 교…….
약한 발음을 교민들은 강한 발음으로 받는다.
　―카, 꺄, 꺼, 켜, 코, 꾜…….
한글 강습반에서 나는 깍두기다. 내 역할이 주유나이 패와 같이 다니기 위한 핑계라는 걸 교장 선생님도 아는 듯하다. 한글 강습은 교탁에서 엄멜리 교장 선생님이 하고 나는 뒤에 서 있다. 교민들은 조수인 나에게도 이것저것 물어본다. 뭘 배우려는 것보다 내가 대답하는 걸 재미있어 하는 것 같다. 발음도 어눌하고 표정도 이상하고 야릇한 냄새도 나서 나는 되도록 접촉을 피하고 싶다. 교민들은 슬라브인도 한국인도 아니고 몽골인같이 보인다. 일제 때 시베리아에 정착한 한국인을 카레스키라고 부른다고 교장 선생님이 알려주었다. 그러니까 교민들은 모두 독립운동가의 삼, 사대 후손인가 보다.
　―살아 치욕, 죽어 영광을 외친 조상님들을 생각해서 열심히 가르쳐야지.

갈두 오빠는 장구 강습을 재미있어 한다. 어디선가 대나무를 구해다 장구채를 깎아서 어른들에게 선물한다. 그러면서 집에서도 라면박스나 사과상자를 장구 삼아 치라는 설명을 덧붙인다. 이왕 하기로 마음먹고 왔으니 성실해야 한다고 나도 생각한다. 자습시간이면 나는 통로를 오가며 교민들의 질문에 대답한다. 글씨 쓰기 시범을 보이고 상대방이 만족할 때까지 반복해서 발음을 들려준다. 교민들은 유치원생들 같고, 나는 유치원 선생님 같다.

— 릴리, 스베틀라나, 이리나, 엄젤리…….

나는 먼저 어른들의 이름을 외운다. 이름을 부르면 어른들은 어린아이처럼 손뼉을 치며 좋아한다. 찐빵, 달걀, 수놓은 손수건…… 시간이 지날수록 선물이 늘어간다. 과제물을 걷고 프린트를 나눠주는 사이 나도 양고기 누린내에 적응이 된다. 냄새는 맡을 만해도 음식을 못 먹기는 마찬가지다. 한국 음식에 소고기 넣듯이 러시아 음식에는 거의 양고기나 양고기 국물을 넣는다. 원래 조금 먹는 데다가 양고기 냄새가 역겨워서 더 힘들다. 아무거나 잘 먹는 난희가 부럽다.

"음식 가리는 애는 성질도 나쁘다고 울 엄마가 그랬어."

"내가 왜 성질이 나쁘니? 나처럼 얌전하고 착한 아이는 우리 엄마 학교에 한 명도 없대."

"그러니까 희귀종이지, 한 명도 없으니까. 크크."

“정말로 나 성질 나쁘니, 나니야? 솔직하게 말해줘. 나도 날 잘 몰라서 그래.”

“뭐, 나쁘다기보다 좋은 편은 아니지. 말 없고 꼼꼼하고 머리 좋고 또.”

“또? 더 있어?”

“비밀이 많은 애 같아. 엉큼해 보여.”

“엉큼하다니, 나, 거짓말 못해. 우리 엄마 도덕 샘이잖아. 지금은 아니지만.”

나는 아직도 엄마가 휴직했다는 사실이 믿기지 않는다. 내 가슴속에서 엄마는 늘 단정한 투피스 차림이다.

“너 진짜 열 받겠다. 꽁무원 아빠에, 도덕 쌤 엄마에, 크크.”

“열 받을 일 없어. 우리 부모님, 얼마나 좋은데. 내 말이라면 다 들어주셔.”

나는 난희가 들어서 불편한 얘기는 피하고 싶다. 선의의 거짓말은 모처럼 만난 친구, 난희에 대한 내 나름의 배려다. 출근하기 전에 불어 공부하는 아빠, 학생들을 자식처럼 보살피는 엄마를 흉보고 싶지 않다.

“어쨌든 난 너만 보면 답답해. 망나니 돌배도 네 앞에서는 꼼짝 못하잖아.”

“꼼짝 못하다니, 돌배가 나한테 얼마나 막 대하는데. 심부름도 많이 시키고, 막말도 하고, 조금도 안 봐줘.”

"클클, 그게 돌배로서는 엄청 봐주는 거야. 말꼬리에 욕 붙이는 게 버릇인데 너한테는 욕 안 하잖아. 공주님 대접하는 거, 몰랐어?"

엄마가 싸준 명란젓과 장조림은 둘째 날 다 없어졌다. 가장 많이 먹은 아이가 영배다. 내가 열 번에 나누어 먹을 만큼 짠 명란을 영배는 한 입에 넣고 우걱우걱 해치웠다.

― 어느 쪽이 한국일까.

여자 기숙사는 두 면이 유리여서 왼쪽의 호수 공원과 오른쪽의 도로가 잘 보인다. 도로 쪽으로 늘어선 건물들 중에서 금성학교만 새 건물이다. 바깥 날씨는 사십 도를 오르내린다는데 실내는 시원하다. 습기가 없어서라고 한다.

"선생 똥은 개도 안 먹는다는 말, 맞아."

강습에서 돌아올 때마다 난희는 짜증을 낸다. 장구 강습은 한글 강습 다음 시간이다. 예절실과 음악실, 두 반으로 나누어 한다. 난희와 갈두 오빠가 음악실을 맡고 은우와 영배가 예절실에서 강습한다. 교실마다 장구는 20대 정도 있다. 장구를 가운데 두고 마주 앉으니까 한꺼번에 80명 정도 배우는 셈이다. 악기가 부족할 때는 소고, 의자, 책상을 장구 대신 쓴다.

"난 우리 선생님이 한 장단 쳐주면 금방 따라 쳤어. 근데 이 사람들은 한 장단을 넷으로 쪼개서 가르쳐줘도 모른대. 다시 찬찬히 가르쳐주니까 또 모른대. 열심히 배울 생각은 안 하고 나만 뚫어지게 쳐다봐. 나, 이상하게 생겼니?"

"이상하긴? 너무 예뻐서 보는 거겠지."

"그래, 다 내 탓이다, 내 탓! 예뻐서 미안해."

나는 원래 엄마를 닮아서 잠자리가 바뀌어도 잠을 잘 잔다. 비염 때문에 코에 스프레이를 뿌리는 것도, 엉덩이 종기가 위치를 바꿔가며 생기는 것도 닮았다고 엄마가 말한 적이 있다. 그런데 언제부턴가 깊이 잠들기 힘들다. 여기서는 더 심하다. 아무래도 약을 먹어야 할 것 같다.

— 언제부터 잠을 자지 못했을까.

초등학교 때 소나기를 맞고 독감에 걸려서 일주일 정도 잠을 잤다. 중학교 때는 자정쯤 학원 끝나고 집에 와서 바로 잠들었다. 고등학교 때는 야간자율학습 뒤에 학원 버스를 탔고, 새벽 두 시쯤 집에 들어와 잠들면 꿈속에서 엄마가 나를 업었다. 넘어질 듯 비틀거리면서 엄마는 나를 변기에 앉혔다. 그러면 소변 소리가 내 두꺼운 잠의 덮개를 두드렸다. 다시 캄캄한 새벽에 집을 나섰다가 정신없이 하루를 지내고 나면 또 엄마가 나를 업고, 또 업고……. 지독한 잠보였는데 싸락눈 소리를 들은 날부터 잠을 자지 못했다.

— 탁탁탁탁

하얀 싸락눈이 몽촌토성의 넙적한 돌담을 때린 날이었다.

"춥지? 이리 와, 다이몬."

처음으로 준성 오빠의 두 팔이 나를 찾아왔다.

"싫어요. 안 돼요. 집에 갈래요."

경아에게 들은 갖가지 거절 방법이 머릿속을 어지럽히는 동안 오빠의 입술이 나를 찾아왔다. 나는 본능적으로 오빠를 밀치고 일어섰다. 돌담 밑으로 구르듯이 뛰어 내려갔다. 가슴이 두근거리고 귓속이 먹먹해서 어떻게 집으로 돌아왔는지 몰랐다. 그날 오빠와 밤새 채팅하느라고 못 잔 게 불면의 시작이었다.

— 나와, 다이몬. 보고 싶어 미치겠어.

— 지금은 안 돼요. 내일 거기로 갈게요.

어제는 시내 관광을 나가는 봉고차 안에서 졸았다. 난희가 깨워서 눈을 뜨니 모스크바 중심가였다. 우리는 홍기범의 안내로 러시아에서 보석과 밍크가 제일 많다는 굼 백화점에 들어갔다. 지금인네노 백화섬에는 밍크 모자와 양털로 만든 숄이 전시되어 있었다. 은우는 영배에게 큰 귀걸이를 사주었다. 코걸이까지 하면 딱 인디언 추장이라고 난희가 영배를 놀렸다. 영배는 만지면 소리가 나는 아기 장난감을 샀다.

— 어린 조카가 있나 보다.

나와 눈이 마주치자 영배의 얼굴이 술 먹은 것처럼 변했다. 갈두 오빠는 손목이 밍크로 둘러싸인 가죽장갑을 샀다. 내 앞에서 오빠는 무척 계면쩍어 했다.

"나도 엄마가 있어. 이번엔 진짜 좋은 분이셔."

오빠의 친엄마는 오빠가 유치원 다닐 때 죽었다고 했다. 그 뒤 외삼촌은 회사를 그만두고 파주에서 농사를 지었다. 덕분에 우리 집 식탁에는 늘 아스파라거스, 파프리카, 샐러리가 풍성했다.

"가난한 농부가 아니야. 비닐하우스가 오천 평이나 되는 농장의 사장님이잖아. 여자들이 싫어하는 이유를 알 수가 없어."

새 외숙모를 찾기 위해 엄마는 노력했다. 장조카가 집 밖으로 떠도는 게 안쓰러워서였다. 사물놀이 연습을 핑계로 오빠는 친구의 원룸과 선배의 연습실을 떠돌아다녔다. 외삼촌은 두 번 결혼했고, 두 번 실패했다. 오빠가 선물을 사는 걸 보니 세 번째 결혼에 성공했나 보다.

"너무 예뻐! 우리 엄마한테 잘 어울리겠어."

난희는 새하얀 밍크 숄을 만지작거렸다.

— 내가 사줄게.

차마 말하지는 못했다. 내 시갑에는 루블과 딜러와 만약의 경우를 위한 엄마의 골드 카드가 있었다. 하지만 물을 나누어 마시듯이 돈을 나눌 수 없다는 것을 나는 느꼈다. 돈을 나누려고 하면 난희는 모욕당했다고 펄쩍 뛸 것이 뻔하다.

"비싸, 나니야. 우린 학생이잖아. 그리고 더워 죽겠는데 무슨 밍크 숄이야."

"여우, 너, 인터넷 안 봤니? 딱 여기서만 구할 수 있는 진품 밍크잖아."

"돈도 없으면서……. 참아."

"웃겨. 내가 돈이 있는지 없는지 네가 어떻게 알아? 그리고 울 엄마 선물 사겠다는데 네가 왜 말려? 사줄 것도 아니면서."

난희는 갈두 오빠에게 돈을 빌려달라고 떼썼다. 애교스럽게 매달리다가 안 되니까 발을 동동 구르며 화를 냈다. 첫날 강당에서 춤춘 출연료를 왜 안 받아오느냐고 암팡지게 다그쳤다. 인천공항에서 엄마를 째려보며 대들 때가 생각났다. 할 말이 있으면 상대가 누구든 할 말을 다 하는 모습이 부러웠다.

"오빠, 모두 장구 강습만 하는데 나는 춤도 췄잖아. 춤추기 싫어서 사물놀이 패에 붙었는데, 싫다구 몇 번이나 말해두 자꾸 시켰잖아 정말 짜증 나! 팀장 케면 세우느라 여지 춤 췄으면 남보다 더 일한 거니까, 그러면 대가가 있어야지, 불공평해. 이제 다시는 나한테 춤추라고 하지 말아요."

오빠가 할 수 없이 지갑을 꺼내자 난희가 덧니를 다 드러내며 웃었다.

"수린아, 나, 백설 공주 같지? 울 엄마는 진짜 왕비 같을 거야.

너무 근사해!"

새하얀 밍크 숄을 어깨에 두르고 빙그르르 도는 난희의 모습은 눈부셨다. 얼마나 좋아하던지. 나는 처음 다이몬을 안을 때에도 저렇게 표현하지 못했다. 그러고 보니 좋아하는 걸 솔직하게 표현해본 적이 한 번도 없다는 생각이 들었다. 준성 오빠에게조차 떨림을 들키지 않으려고 안달했으니까.

"어머, 이 목걸이 좀 봐. 판타스틱 해."

색깔이 희한한 보석, 정교한 수공예품 앞에서 난희는 움직이지 못했다. 예쁜 물건을 볼 때마다 탄성을 지르며 나에게 사기를 권했다.

"넌 엄마 선물 안 사?"

"선물?"

누군가에게 주기 위해 선물을 산 적이 있던가. 크리스마스, 생일, 밸런타인데이, 스승의 날, 어버이날에 나는 내 시가 적힌 카드를 선물했다.

"난 안 살래. 한국에도 많잖아."

나는 아무것도 사지 않았다. 굼 백화점의 물건은 한국 백화점에도 있을 거라고 나는 생각했다. 백화점이나 기념품점에 갈 때마다 자동적으로 떠오르는 사람은 준성 오빠였다.

남들은 한 달 커플 반지도 끼는데 우리는 일 년 커플 반지도 못

껐다. 내가 다른 아이들 커플링을 부러워하니까 오빠는 씨익 웃었다. 밤하늘을 보며 또박또박 시를 낭송했다.

"싸구려 반지로 너를 기억하고 싶지 않아, 다이몬. 하나뿐인 내 심장을 너에게 주고 싶어."

식상한 낱말도 오빠에게 들으면 새로웠다. 무슨 이야기든 오빠와 하면 재미있었다. 무슨 짓이든 오빠와 하면 달콤했다. 아무리 핥아도 질리지 않는 아이스크림 같았다. 같이 있으면 기쁘고 떨어져 있으면 보고 싶었다. 나하고만 있으면 구멍 뚫린 물 풍선처럼 시가 줄줄 새어 나온다고 오빠는 말했다.

"물처럼 하늘처럼 내 깊은 곳 흘러서 은밀한 내 꿈과 만나는 이여. 그대가 곁에 있어도 나는 그대가 그립다.*"

다른 사람의 시인 줄 알면서도 나는 오빠가 나를 위해 즉흥시를 쓴 것처럼 전율했다. 나는 원래 오빠의 시 카페를 드나들던 처음부터 엄마에게 무엇이든 다 이야기해주었다. 오빠의 부모님이 부산에서 통닭집을 운영한다는 것과 오빠가 천호동에서 자취한다는 것도 말했다.

비밀이 생긴 것은 싸락눈이 돌담을 탁탁 때린 날부터였다. 오빠 생각이 머리를 떠나지 않았다. 날마다 새벽까지 채팅했고, 학교 수업 시간에 조는 일도 생겼다. 나는 점점 엄마에게 오빠 이야

---

* 류시화의 「그대가 곁에 있어도 그대가 그립다」 중에서.

기를 하지 않게 되었다. 지금은 휴학 중이고 군대 갈 예정이라는 것도 말하지 않았다. 이야기하면 엄마는 오빠를 못 만나게 할 게 확실했다. 하지만 엄마도 어느 정도 눈치는 챈 것 같았다.

"나도 네 나이 때 너와 똑같았어."

"뭐가?"

"친구 사귀기가 힘들었어. 스스로 왕따라고 생각했지. 사실은 아니었는데."

"나, 왕따 맞아. 나뿐 아니라 우리 반 애들은 다 자기가 왕따라고 생각해."

"짝꿍 있잖아. 짝꿍하고 얘기 안 하니?"

"얘기할 시간 없어. 애들은 쉬는 시간에도 공부해. 화장실에서도 단어 외워. 점심도 혼자 먹으면서 책 봐. 종례 끝나면 십 초 안에 다 교실을 나가버려. 아마 지금까지 내 이름 모르는 애도 있을걸."

"우리 때보다 더 심하구나. 우린 그래도 여고생이 하는 짓은 다 했어. 몸도 크고 머리도 큰 어른이잖아. 남자 친구와 달콤한 첫 키스를 꿈꾸는 어엿한 숙녀들이잖아. 나는 우리 반 아이들을 어른 대접해. 상담할 때도 무슨 말이든지 다 들어줘. 그래야 속말을 하거든."

속말을 뱉도록 유도했지만 나는 더 이상 말할 수 없었다. 싸라눈 이야기도, 심장 이야기도 엄마는 듣지 못했다. 상담실을 찾는 아이들은 어른 대접을 받겠지만 딸은 다 커도 엄마에게 어린아이였다. 유치원생 때나 고등학생 때나 엄마가 나를 부르는 명칭은 같았다. 우리 딸, 우리 아기, 우리 공주님, 우리 수린이, 부르는 말투 속에서 나는 위태롭게 걸음마를 배우는 미숙한 딸이었다.

"세상 정말 무서워. 어떻게 마음 놓고 딸을 밖에 내보내겠어."

성폭행 관련 뉴스를 보면서 엄마는 탄식했다. 엄마는 내 핸드폰에 위치 추적 장치를 달았다. 나를 보호하기 위해서라고 하지만 나는 감시받고 있다는 생각이 들었다.

—내 일은 내가 알아서 해. 엄마가 내 인생을 대신 살아줄 것도 아니잖아.

딸의 마음에서 솟구치는 말들을 엄마는 짐작으로 아는 것 같았다.

"나는 꽉 막힌 사람이 아니야. 네가 무슨 이야기를 해도 다 들어줄 수 있어. 모녀는 세상에서 가장 친한 친구잖아. 스카이는 못 가도 서울에 있는 대학은 가야지. 일단 붙고 반수를 하더라도."

오빠를 사귀는 것이 공부에 도움이 되지 않는 건 사실이었다. 입학 때부터 나쁘긴 했지만 오빠를 만나면서 내 성적은 더 떨어질 수 없는 곳까지 갔다. 그래도 좋았다. 자꾸 웃음이 나왔다. 아무것도 걱정하지 않았다. 나에게는 오빠가 있었다.

—오빠를 믿지?

세상을 다 얻은 기분이었다.

종아리구이춤

“재수술해야 된대? 엄만 뭐래. 그래도 해야지. 돈이 문제야, 지금? 그러다가 다리 잘라내면 어떡해. 춤꾼이 다리 없으면 어떡하나구. 장애인 운동선수는 있어도 장애인 무용가는 없어. 농담 아니야. 알았어. 내 걱정은 마. 나, 돈 많아. 내 실력 알잖아. 돈 벌어서 엄마 선물도 샀어. 얼마나 예쁜지 몰라. 응. 엄마 퇴원하면 꽁치 좀 많이 구워줘, 언니. 싸랑해. 엄마에게도 내 침뽀뽀를 전해줘. 응, 빠바이!”

난희는 저녁마다 내 핸드폰을 빌려서 한국으로 전화한다. 내가 있거나 말거나 신경 쓰지 않고 농영상으로 언니와 수다를 떤다. 피할 수 없이 나는 난희의 통화 내용을 다 듣게 된다.

— 난희의 엄마는 종아리에 화상을 입었다. 연고를 발라서 피

부는 다 나았다. 그래도 통증이 심해서 병원에 갔더니 피부 속이 다 곪았다고 했다. 곪은 걸 도려내고 엉덩이 살을 떼어다 붙였는데, 다시 속이 곪았다.

병원에서는 재수술을 권하고 엄마는 다 나았다고 주장하는 것 같다. 어떻게 종아리가 화상을 입을 수 있느냐고 물었더니 난희는 깔깔 웃는다.

"지난 설날, 엄청 추웠잖아? 하필 그날 보일러가 고장 났어. 할 수 없이 전기난로를 켜놓고 잤는데, 글쎄, 크크……."

힘든 일, 창피한 일도 난희의 입에 오르면 개그콘서트다. 난희는 그때가 생각난다는 듯이 손뼉을 치며 다시 깔깔댄다.

"수린아, 너 들어봐. 되게 웃겨. 우리 세 식구가 오랜만에 맥주를 마셨어. 마시다가 언니랑 나는 일찍 뻗었지. 술이 약하거든. 그런데 엄마는 혼자 맥주를 계속 마셨어. 그러다가 취해서 그냥 난로 옆에 누워 잤나 봐. 자다가 너무 추우니까 엄마는 잠결에 전기난로에다 다리를 올려놓았겠지? 그런데 글쎄 다리가 익었어. 얼마나 취했으면 자기 다리가 익는 줄도 모르고, 크크. 웃기지? 웃기잖아? 글쎄, 울 언니가 종아리구이 먹을 뻔했다고 해서 또 배꼽을 잡았다니까. 연고를 계속 발랐는데 종아리 겉만 낫고 속은 곪았나 봐. 종아리가 속 먼저 익는 줄 누가 알았겠어? 알았으면 병원에 갔을 텐데 말이야. 크크. 울 엄마, 되게 웃기지? 춤밖에 몰라, 춤. 오늘도 그 종아리로 노인정에 가서 춤 가르쳤대. 상상해봐. 얼마나 웃기냐. 종아리구이춤."

난희는 두 다리를 엉거주춤 벌리고 종아리구이춤을 흉내 낸다. 병신춤과 개다리춤이 있다는 말은 들었어도 종아리구이춤이란 말은 처음 듣는다. 난희는 이상한 춤을 추어도 전혀 보기 흉하지 않다. 두 손으로 입을 찢어서 도깨비 흉내를 내도 귀엽다. 운동복 차림으로 영배를 따라서 힙합 댄스를 추어도 보기 좋다. 나는 난희가 내 전화를 자기 전화처럼 쓰고, 내 선크림을 자기 것인 양 쓰는 것이 좋다. 예뻐, 예뻐 하면서 내 옷을 골라 입는 것도 싫지 않다. 난희의 키는 나보다 조금 큰데, 몸의 굴곡이 확실해서 두루뭉술한 편인 나보다 옷맵시가 난다. 머리에 천재가 있듯이 몸도 메이드 인 스카이가 따로 있는가 보다.

"너의 어머니, 유명한 무용가이시라고……."

"유명하기야 하지. 전설적인 무용가 최승희의 수제자 홍금라, 홍금라의 조카 홍지선이 바로 울 엄마거든. 울 엄마가 춤으로 사람들 혼을 뺀다고, 은우가 그런 얘기도 했어?"

혼을 빼는 것보다 더 심한 말도 들었지만 나는 고개를 젓는다. 나는 난희에게 들은 말을 은우에게 전하지 않고, 은우에게 들은 말도 난희에게 전하지 않는다. 두 사람이 같은 이야기를 서로 다르게 해도 나는 누구 말이 맞는지 가리지 않는다. 두 사람과 잘 지내려면 양극과 음극을 끊는 절연체가 되어야 한다고 느껴서다.

"유명하면 뭐해."

"으응? 뭐하다니. 유명하면 좋잖아."

"무용은 돈이 많이 들어. 무용복, 화장품, 공연장 빌리는 거, 짱 비싸. 내가 웃기는 얘기 해줄까? 이건 춤 얘기가 아니고, 울 언니가 꽃병에다가 오줌 눈 얘기야. 울 엄마가 종아리 화상 입기 전 얘긴데, 들어봐, 수린아."

말하는 중간에 내가 일어서기라도 할까 봐 난희는 빠르게 말을 쏟는다. 난희는 말을 시작하기 전에 꼭 내 옆에 붙어서 내가 못 움직이도록 한다. 내가 딴 짓을 하면 자기를 무시하는 것 같아서 말하기가 싫어진단다. 뻐드렁니 사이로 침이 튀는 줄도 모르고 손짓 발짓으로 재미있게 이야기를 끌어가는 난희의 모습은 어릴 적 유치원 선생님을 닮았다.

"옛날 깊은 산속에 떡장수 아주머니가 살았어요. 아주머니에게 는 어린아이들이 있었어요. 어느 날 밤, 아주머니가 떡 팔러 나간 사이에 무서운 호랑이가 찾아왔어요."

유치원 때, 동화를 구연하는 선생님은 흉내 내기 선수였다. 어 떤 이야기도 선생님은 한 편의 아름다운 영화처럼 눈앞에 펼쳐 보여주었다.

"호랑이는 아이들을 잡아먹으려고 꾀를 냈어요. 손에다 하얀 떡가루를 발라서 문틈으로 쑥 집어넣고 말했어요. 아가야, 아가 야, 엄마가 왔다, 문 열어라, 어서."

아이들은 진짜 호랑이가 나온 줄 알고서 꺅, 소리를 질렀다.

— 정말 행복했어.

병원에서 시간이 짓누를 때마다 나는 유치원 때를 떠올렸다. 갈두 오빠와 다이몬과 웃뜨웃뜨 뛰어다니던 때를 떠올렸다. 토성의 돌담에 기대어 준성 오빠와 입맞춤할 때 얼굴로 쏟아지던 하얀 싸락눈을 떠올렸다. 십칠 년의 앨범 가운데 다시 꺼내보고 싶은 사진은 그 세 장뿐이었다. 유치원을 졸업한 뒤 초등학교 들어가면서부터는 공부가 전부였다. 엄마는 상장을 타오면 공주님이라며 기분 좋게 대해주었다. 성적이 조금이라도 떨어지면 말문을 닫고 며칠 동안 마주치는 걸 피했다. 중학교를 졸업한 다음 나는 외국어고등학교에 들어갔다. 첫 시험을 보았는데 상상 못할 석차가 나왔다. 지금까지 나는 전교에서 다섯 손가락 밖으로 떨어져본 적이 없었다. 그런데 고등학교에서는 처음부터 바닥이었다.

"하버드는커녕 스카이도 못 가겠다. 이 점수로는 유치원 선생도 어림없어."

성적표를 팽개치려다가 딸과 눈이 마주치자 아빠는 얌전히 탁자에 올려놓았다.

"외고를 보내지 말걸. 일반고를 보냈으면 톱일 텐데."

엄마도 충격을 받았다. 인수외 학원을 늘렸고, 일요일에도 과외 선생님을 집으로 불렀다. 그래도 석차에는 큰 변화가 없었다. 다행히 나에게는 시가 있고, 준성 오빠가 있었다. 버틸 수 있고, 견딜 수 있었다. 그러나 병원에서 깨어났을 때, 나는 폭풍에 쓰러진 나무 같았다. 자신의 힘으로는 일어날 수도, 걸을 수도 없었다. 얼떨결에 갈두 오빠를 따라서 러시아까지 오기는 했지만 나는 여전히 어지러웠다. 피할 수 없으면 견뎌야 할 것이다. 견디지 못할 경우는 상상조차 하고 싶지 않았다. 한국에서는 엄마를 떠나는 게 소원이었다. 모든 게 끝이라고, 다시는 돌아오지 않겠다고 인천공항에서 결심했다. 어떻게? 그런 생각이 든 건 러시아 모스크바 공항에서였다. 열일곱 살짜리 여자 혼자 영어도 안 통하는 러시아에서 어떻게 살아갈 수 있을까? 난희와 함께라면 가능하지 않을까?

"들어봐, 수린아. 작년 여름 얘기야."

"뭐가?"

"뭐긴? 너 딴 생각 했구나? 울 언니가 꽃병에 오줌 눈 얘기 말이야. 작년 이맘땐데, 유명 대학교 무용과 교수가 엄마에게 전화를 했어. 세 명이 우리 집으로 춤을 배우러 오겠다고. 엄마는 엄청 신이 났지. 집안을 청소하고, 벽에 걸린 부봉복을 지우고, 비닐이 문을 떼어 베란다에다 내놓고, 쌩 난리를 쳤어. 그런데 교수들이 시간보다 일찍 온 거야. 그래서 언니가 작은방에 갇혔어."

"갇히다니, 문 열고 나오면 되잖아."

"원래 언니는 손님들 오기 전에 공원으로 나가거든. 그래야 교수들을 가르치는 훌륭한 무용가 홍지선에게 병신 딸이 있다는 걸

들키지 않지. 그 뒤로 어떻게 되었냐고? 뻔할 뻔자지, 뭐. 하루 종일 방에서 쫄쫄 굶고 오줌도 꽃병에다 눴다는 거 아니야, 꽃병에다가. 깔깔깔. 오줌이니 다행이지 똥이 마려웠으면 어쩔 뻔했어, 깔깔깔. 내가 집에 와서 보니까 언니 얼굴이 까맣더라. 너무 참아서 똥꼬가 막힌 거야. 가끔 내가 똥꼬를 파주는데 그날은 그럴 필요가 없었어. 교수들이 준 돈으로 맥주랑 피자랑 시켜 먹은 다음에 시원하게 쌌으니까. 깔깔깔."

노래하듯이, 춤추듯이, 온몸을 움직이며 이야기하는 건 난희의 장기다. 가만히 듣고만 있어도 난희의 몸짓은 나를 간질이는 것 같다. 겨울나무에서 움이 트듯이 내 몸도 뭔가 돋을 것 같은 기운으로 간질간질하다. 마치 내가 집 안을 청소하고, 미닫이문을 떼고, 꽃병에 오줌을 누고, 맥주를 마시면서 피자를 먹은 느낌이다.

"언니는 하루 종일 집에만 있겠네?"

"집에서 인터넷 포토숍 해. 너도 알지? 사진 교정해주는 거. 원래 언니가 엄마의 후계자인데, 초등학교 때 사고를 당했대. 경연대회 나가서 춤추다가 조명 구멍에 발이 꼈는데, 넘어지면서 엉덩이뼈가 어긋나서…… 지금도 다리가 초등학생 같아. 자라지를 않거든. 집에서는 의족을 빼고 가구를 잡으면서 걸어. 밖에 나갈 때는 의족을 끼고 목발을 짚어야 하는데, 언니는 목발을 싫어해. 절룩거리는 게 흉하다고 꼭 휠체어를 타지."

"너무 부럽다."

"미친!"

"응? 너 나더러 한 소리니? 미친?"

"그래, 어쩔래! 장애인이 부럽다니, 미친 거지."

내가 부러워하는 사람은 그냥 장애인이 아니라 난희 같은 동생을 가진 난희의 언니다. 그러나 나는 변명하지 않는다. 다행히 난희도 더는 말꼬리를 잡지 않는다.

"울 언니, 남친 있어. 웃기지 않아, 수린아? 나도 없는데 울 언니한테는 있다니까. 짝사랑이긴 하지만."

말하고서 난희는 또 돈이 든 배를 잡고 깔깔깔 웃는다. 언니에게 남자 친구가 있는 게 왜 깔깔댈 일인지 알 수 없다. 누구나 남자 친구가 있을 수 있는데 난희는 깔깔댄다. 나는 절대로 준성 오빠의 이야기를 난희에게 해서는 안 된다고 결심한다. 조롱당하고 싶지 않다.

"누군지 알아?"

"내가 아는 사람이니?"

"당근."

나는 속으로 내가 아는 남자 중에서 난희의 언니 또래를 검색한다.

"내가 알아맞히면 어떡할래?"

"못 알아맞힐걸."

"글쎄, 어떡할 거냐고."

"만일 맞히면 너 하라는 대로 다 할게. 심부름이나 물건이나 노래나 춤이나, 뭐라도 다 좋아. 내가 할 수 있는 거라면 다 할게. 대신……."

"대신?"

"못 알아맞히면 너도 내 조건을 들어줘야지."

"뭔데? 조건 먼저 들어본 다음 대답할게."

"같이 목욕하자."

"에이, 목욕을 어떻게 같이 해. 좁은 샤워실에서."

"좁으면 어때. 난 언니랑 목욕하는 게 좋아. 물장난도 치고 등도 밀어주고……. 때타월로 브래지어 끈 있는 곳 빡빡 밀어주면 엄청 시원해. 내가 너 등 밀어줄게."

경아와도 목욕하면서 친해졌다. 난희와도 친해지려면 목욕을 같이 해야 하나 보다. 또래끼리 못할 것도 없다.

"싫을 건 없지, 뭐. 같이 해. 재밌겠다."

말을 끝내기도 전에 아랫배에 통증이 온다. 수술 자국 같은 건 미처 생각 못하고 대답한 것에 대한 고문이다. 난희가 일으킬 끝없는 물음에 대하여 아랫배가 먼저 고통 받고 있다.

— 괜찮아. 연고를 발라서 자국이 많이 없어졌어. 그래도 이상하게 보면 맹장 수술했다고 할게. 맹장 수술 자국과 똑같다고 엄마가 그랬잖아.

나는 아랫배에게 대답한다. 선의의 거짓말은 난희를 편하게 해줄 것이다.

"너, 나랑 같이 목욕하기로 약속했다. 좋아. 자, 이제 말해봐. 누군지."

"나갈두."

난희의 눈이 동전만 하게 커진다. 어떻게 알았어? 나는 빙긋 웃는다. 아랫배의 통증도 감쪽같이 사라진다. 같이 목욕할 일이 없어진 것이다.

"난 천재거든. 너, 내가 알아맞히면 뭐든 한다고 했지? 내 조건은…….."

"뭔데? 어려운 거야?"

난희의 얼굴이 굳어진다. 내가 뭔가 자기가 감당할 수 없는 조건을 걸까 봐 그러는가 보다. 정말 알 수 없는 아이다. 나에게 자기의 집안 이야기를 낱낱이 할 때에는 주책없게 보였다. 여러 번의 자살 시도와 가출을 자랑스럽게 이야기할 때는 엄마가 말하는 문제아라는 생각이 들었다. 뷔페식 식당에서 음식을 잔뜩 갖다 먹다가 반 이상 남길 때에는 조심성이 없어 보였다. 내 앞에서 속옷까지 갈아입을 때에는 뻔뻔해 보였다. 자기 엄마가 문화센터와 노인회관의 무용 강사라서 돈을 잘 벌고, 언니가 인터넷 포토숍을 운영해서 자기 등록금을 내준다고 자랑했다. 그런데 돈에 관해서는 소녀 가장처럼 민감하다. 무용은 돈이 많이 든다고, 그래서 중간에 다른 과로 옮기거나 아예 학교를 그만두는 친구도 있다고 말해주었다. 하지만 왜 많이 드는지는 알려주지 않았다. 무용복 값이 많이 드나 보다, 짐작할 뿐이다.

지난 일요일, 우리는 금성학교 이사장의 칠순 잔치에 초대받아 갔다. 춤추기 싫다는 난희에게 갈두 오빠는 용돈 벌 기회라고, 이 사장님이 설마 공짜로 널 부려먹겠냐고 설득했다. 잔치에서 난희는 춘앵무를 추었다. 춤추기 전, 난희는 나와 함께 춤출 장소를 둘러보았다. 키 큰 나무로 둘러싸인 이층 벽돌집 마당은 잔디밭이었다. 잔디밭에는 햇볕 가리개용 대형 천막이 쳐져 있었다. 천막 안에서는 주인공의 잔칫상과 손님들의 음식상 준비가 한창이었다. 사회자는 잔칫상 앞 공간을 난희에게 손짓해주었다.

"여기서 춤추라고요? 못해요, 아저씨. 잔디가 꿀렁꿀렁해서 버선발이 매끄럽게 안 나가요. 천막의 천장도 너무 낮아서 한삼이 닿겠어요. 차라리 시멘트 바닥이 나은데……."

시멘트 바닥은 벽돌집과 잔디밭 사이의 주차 공간뿐이었다. 그렇지만 시멘트 바닥은 45도가 넘는 더위에 달구어져 있었다.

"돗자리 있어요? 좀 깔아주세요."

"없는데…… 어떡하지요? 카펫이나 러그를 깔아줄까요?"

봉고차로 돌아오면서 난희는 투덜거렸다.

"난 춘앵무가 젤 싫어. 머리며 옷이 장난 아니게 무거워. 겨울에도 춘앵무만 추고 나면 온몸에 땀띠가 나. 겨드랑이가 짓물러버린다구."

봉고차 속은 에어컨이 있어서 시원했다. 화장품 가방을 열고 난희는 화장을 시작했다. 눈은 크고 검게, 코는 길고 오뚝하게, 입술은 새빨간 립스틱으로 튀어나온 듯 바르고, 두 볼에는 진달래 색 볼연지를 칠했다. 그런 다음 난희는 머리에 앞가르마를 타고 참빗질해서 고무줄로 묶었다. 긴 머리를 주먹처럼 만들고 그 위에 자기 머리보다 큰 왕비머리를 얹었다. 다시 그 위에 갖가지 구슬과 보석이 달린 족두리를 썼다. 속고쟁이, 겉고쟁이, 속치마, 페티코트, 남색 속치마, 금박 무늬의 홍색 겉치마, 짙은 노랑색 당의를 입고서 앞가슴에는 금수가 놓인 빨강색 넓은 띠를 둘렀다.

"정말 공주님 같아."

"왕비복이거든?"

"어, 맞아. ……왕비님 같아."

"수린아, 제발 그만해. 네 마음 알아. 내가 힘들어 보이니까 하기 싫은 말 하는 거 알거든? 알지만 제발 날 좀 건드리지 마. 안 건드리는 게 놉는 서야. 부대 나가기 선에는 나노 보트세 신경이 날카로워져."

느리고 무거운 전통음악이 울려 퍼졌다. 한삼 낀 두 팔을 머리 위로 뻗어 올리고서 난희는 조심조심 걸어 나갔다.

— 우와!

손님들의 탄성이 터졌다. 버선발로 뜨거운 시멘트 바닥을 밟고서 난희는 천천히 얼굴을 가린 소매를 내렸다. 굉장히 즐거운 일을 숨기고 있는 듯한 웃음을 두 볼 가득 머금고 손님들에게 눈인사를 했다. 구중궁궐에서 갓 대례를 마친 어린 왕비가 봄나들이 나온 모습이었다. 진귀한 꽃이라도 발견한 걸까. 왕비가 수줍게 웃었다.

— 어머, 예뻐라!

음악에 맞추어 왕비는 춤을 추기 시작했다. 춘앵무는 제자리에서 조금씩 움직이며 아주 천천히 추는 춤이었다. 오색 한삼 자락을 안으로 감았다가 한 팔씩 바깥으로 펴고, 두 무릎을 구부렸다가 한 무릎씩 펴고, 하얀 버선발을 번차례로 살짝살짝 치마 밖으로 내밀고, 고개를 좌우로 갸웃거리면서 몸을 천천히 돌렸다. 내가 알던 수다쟁이 이난희, 종아리구이춤을 흉내 내던 까불이가 아니었다. 땀을 물처럼 흘리면서도 왕비는 행복해 보였다. 왕비의 티 없는 웃음과 고풍스러운 의상과 우아한 움직임을 보는 사람들도 행복해 보였다. 왕비를 따라서 사람들은 타임머신을 타고 그들의 조부모가 살던 곳, 조선 시대의 궁궐로 초대받은 표정이었다. 하늘 높이 한삼을 뻗쳐 올렸다가 내린 다음 조용히 두 팔을 앞으로 모으고 난희는 시멘트 바닥에 엎드려 큰절을 올렸다. 그런 다음 몸을 일으켜서 비틀거리며 뒷걸음질로 퇴장했나.

— 앙코르! 앙코르!

박수 소리가 그치지 않았다. 사회자가 설명했다.

"이 춤은 한국의 대표적인 궁중무용, 춘앵무입니다. 봄 꾀꼬리의 춤이지요. 지금부터 이백여 년 전의 어느 봄날, 효명왕자가 꾀꼬리의 지저귐 소리를 듣고 춤으로 만들어 어머니 순종왕후에게 선물했답니다. 그 뒤로는 왕비가 왕 앞에서 나라의 태평을 기원하며 추었다고 합니다. 그러니까 방금 여러분은 왕에게 바치는 왕비의 춤을 보신 거지요. 왕의 기분을 느끼셨습니까?"

봉고차로 돌아오자마자 난희는 의자에 쓰러졌다. 내가 왕비머리를 벗기고 대례복을 벗기고 핫팬츠와 티셔츠를 입혀줄 때까지 깊이 잠든 어린아이처럼 눈을 뜨지 않았다. 마지막으로 버선을 벗기려고 했지만 혼자서는 어려웠다. 버선이 땀으로 푹 젖어서 살갗에 쪼글쪼글 달라붙어 있기 때문이었다.

"이깟 것, 거지나 줘."

칠순 잔치가 끝나고 봉고차에서 갈두 오빠가 이사장의 선물이라며 초콜릿 상자를 난희에게 주었다. 처음에는 난희도 기분 좋게 상자를 받았다. 그러나 노트북보다 큰 상자 속에 초콜릿만 가득하니까 어이없어 하며 차 바닥에 툭 던졌다.

"나를 무시한 거야. 우리 엄마를 무시한 거야. 오빠 내 춤이 우스워? 싸구려로 보여? 내 춤이 초콜릿 한 상자로 보이냐구."

"또, 또, 또, 오만방자 이난희 성깔 나온다!"

은우가 입을 삐죽거리는 걸 갈두 오빠가 눈으로 막았다. 오빠의 턱수염은 공항에서 만났을 때보다 훨씬 검고 길게 자랐다. 가이드 홍기범보다 한 살 많은데도 오빠는 더 어른처럼 행동했다. 무대에서 금쇠를 칠 때와 평소의 나갈두는 같은 사람으로 보이지 않았다. 오빠가 초콜릿 상자를 두 손으로 들고 난희 앞에 내밀었다.

"넌 프로가 아니야. 고등학생이잖아. 네가 아무리 춤을 잘 춘다고 해도 어른들이 고등학생한테 사례비를 주지는 않지. 애한테는 초콜릿이 딱이라고 생각하고 준 거야. 꽤 맛있어 보이는데, 먹자, 나니야."

"오빠……."

"알아. 우리가 놀 때 너 혼자 화장하고 옷 갈아입은 거."

"혼자 아니고 수린이가 도와줬어. 그렇지만 오빠."

"알아, 나니야. 우리가 먹으며 놀 때 너 혼자 땡볕에서 춤춘 거."

"나 있잖아, 오빠. 시멘트 바닥이 그렇게 뜨거운 줄 정말 몰랐어. 딛는 순간, 도망가고 싶었어. 춤추고 싶지 않았어. 웃고 싶지 않았어. 웃음이 나오지 않았거든. 그런데 그러면 안 될 것 같아서, 인상 쓰면서 춤추면 잔치를 망칠 것 같아서…… 억지로 웃은 거야. 울 엄마가 그랬거든. 춤꾼은 언제나 기분 좋게 방실방실 웃으면서 춤춰야 한다고. 그래야 사람들이 기뻐한다고……. 그게 프로라고."

갑자기 영배가 초콜릿 상자를 뜯더니 몇 개를 입에 넣고 우걱우걱 씹었다. 난희의 눈빛이 시퍼렇게 변했다.

"야, 돌배, 그거 왜 건드려! 돌려줄 건데."

"적당히 까칠해라, 젓가락. 팔다리 몇 번 벌렸다고 돈, 돈 하는 거, 징그럽다."

"뭐? 야, 니가 그렇게 고상한 척, 돈을 모르니까 여친이 도망가지. 애까지 버리고."

영배가 입 안의 초콜릿을 차 바닥에 칵 뱉었다. 난희 쪽으로 몸을 돌리고 주먹을 쥐었다.

— 어쩔래, 이 겁쟁아!

난희는 가소롭다는 미소와 함께 영배를 노려보았다.

— 어떡해!

나는 갈두 오빠와 은우가 말려주기를 바랐다. 하지만 아무도 나서지 않았다. 처음이 아닌 모양이었다.

— 애까지 버리고.

내가 잘못 들은 게 아니라면, 영배는 리틀 파파인데 능력이 없어서 모두 잃었다는 말이다. 나처럼 무능력해서 앵두알을 지키지 못했다는 말이다. 나는 영배를 다시 보았다. 걸렁해 보이는 어디에 가려진 아픔이 있는지 모르겠다.

이튿날 난희는 아프다면서 장구 강습을 빠졌다. 생리통이 심해서 허리를 못 편다고 내가 은우에게 전해주었다.

"생리통? 웃기지 마. 사례비 때문에 우리를 엿 먹이는 거야. 한두 번 당했어야 속지."

나도 몸이 안 좋다는 핑계로 한글 강습을 빠졌다. 거짓말을 술술 하는 자신이 이상했지만 나는 알고 싶은 게 많았다. 우리는 나란히 침대에 누워 실컷 수다를 떨었다. 작년, 영배가 재일교포 여대생과 연애해서 리틀 파파가 되었는데, 아이를 영아원에 보내고 여대생과도 헤어졌다는 얘기에 나는 무척 놀랐다. 공항에서 나를 애엄마 폼이라고 해놓고 영배는 농담이라고 얼버무렸다. 임신한 여자들 특유의 어떤 걸 영배가 느낀 건 아닐까. 앞으로 더욱 거리를 두고 지내야겠다.

난희는 가끔 이해할 수 없을 만큼 소심하다. 지금처럼 내가 어려운 조건을 내걸까 봐 긴장할 때의 이난희는 까불이 이난희 같지가 않다.

"징 좀 가르쳐줘, 나니야."

"징? 너, 싫어하잖아."

"징을?"

"다. 징이든 사물놀이든 다 질색하잖아. 들을 줄도 모르던데."

"들어봤어. 너희 홈피에 있잖아. 나 생짜 아니야. 옛날 갈두 오빠가 우리 집에 살 때 오빠 따라서……."

나는 더 이상 말하지 못한다. 오빠 따라서 술래잡기하듯 두드리며 돌아다닌 거지 악기나 사물놀이를 배운 거 같지는 않다.

"깔깔깔, 우리 사물 놀 때 너 전봇대처럼 서 있는 거 보면 다 알

아. 고갯짓 한 번, 발짓 한 번, 손가락도 까딱 않던데, 네 몸이 전혀 리듬을 타지 않던데, 손톱만 물어뜯던데, 들을 줄 안다고라? 생짜 아니라고라? 깔깔깔, 이제 보니 박수린, 뺑깔 줄도 아네? 깔깔깔."

웃다가 난희는 내 표정을 보면서 시나브로 멈춘다. 얼굴이 또 홍당무가 되었나 보다.

"징, 쉬워."

"쉽다니, 난 들지도 못하겠어, 너무 무거워."

"맞아. 징, 무겁지. 그래서 징은 치는 걸 배우기 전에 먼저 가볍게 드는 법부터 배우는 거야. 이십 킬로그램이 넘거든. 하지만 징 치는 거, 아무것도 아니야. 내가 가르쳐줄게, 수린아."

"땡큐! 그런데 궁금해. 진짜 네 언니의 남친이 갈두 오빠야?"

"그럼. 지난 봄방학 때였나 봐. 휠체어가 고장 나서 언니가 일주일 넘게 외출을 못 했어. 원래 장보고 밥하는 거 담당이거든. 엄마가 반찬 투정을 하니까, 언니가 휠체어를 고쳐놓으라고 말했어. 그거 굉장히 무겁거든? 마침 오빠가 나를 데리러 왔기에 내가 부탁했어. 오빠가 휠체어를 수리 센터에 가져다가 고쳐가지고 왔어. 이층에 올라가서 언니를 업고 내려와서 휠체어에 앉혔지. 울 언니, 엄청 감동했어. 어릴 때 아빠 등에 업힌 거 말고는 처음이래."

"둘이 사귀어?"

"크크, 너 진짜 순진하다, 수린아. 울 언니의 짝사랑이라고 말했잖아. 한 번 업었다고 책임지니? 한 번 키스했다고 책임지니? 한 번 잤다고 책임지니? 외고생은 다 그러니? 클클클.”

난희는 또 배꼽을 잡고 웃었지만 나는 웃을 수 없다. 조금 전에 설핏 웃은 것도 되돌려 받고 싶다. 난희는 한 번 잤다고 책임지는 사람들 사이에서 살고 있는 나를 모욕하고 있다. 나는 한 번도 외고생이라고 하지 않았는데 걸핏하면 외고생을 들먹이는 것도 기분 나쁘다.

“또 삐졌어?”

“……삐진 거 아니야.”

“삐딱한 얼굴인데?”

나도 삐지고 싶지 않다. 얼굴색이 붉게 변하고 표정이 딱딱해지는 건 내가 어떻게 할 수 없는 신체 변화다. 부끄러울 때, 모욕감을 느낄 때 내 몸은 굳어간다. 대화를 나누다가 얼굴을 붉히는 건 미성숙하다는 증거다. 기분 나빠도 내색하지 않고 대화를 나누다 보면 풀린다는 걸 경험으로 알고 있다. 알면서도 나는 자주 삐진다. 난희는 그것을 굉장히 싫어한다. 나도 난희가 삐져서 말하지 않으면 불쾌하다. 어느새 우리는 진짜 삼쌍둥이 같은 단짝이 되었다.

“너, 울 언니 소원이 뭔지 알아? 옛날 우리 집, 엘리베이터가 있는 강남아파트를 도로 찾는 거야. 언니한테는 계단이 절벽이거든. 다세대주택에는 절벽이 여섯 개 있어. 언니는 매일 절벽을 기어 올라갔다가 기어 내려와. 이렇게 손에다 장갑 끼고 몸을 끌면서 내려가는 데 이십 분, 올라가는 데 십 분……. 장바구니 올려놓고 한 계단 올라가고 또 장바구니 올려놓고 한 계단 올라가고……. 왜 내려가는 시간이 더 긴 줄 알아? 내려가다가 몇 번 굴러떨어져 봤거든. 처음에 의족을 껴주는 사람이 그랬대. 뼈가 몇 번 부러져 봐야 조심한다구.”

“지금 집은 엘리베이터가 없어?”

사생활을 파고드는 게 실례인 줄 알면서도 나는 묻지 않을 수 없다.

“내가 말 안 했니? 우리 집은 아파트가 아니라 다세대주택이야. 다세대주택은 반지하 다음에 이층이지 일층은 없어.”

“난 잘 몰라. 어쨌든 네가 부럽다. 난 언니가 없어.”

언니가 있었으면 나도 같이 맥주를 마셨을 텐데. 언니가 있었으면 준성 오빠 이야기를 실컷 했을 텐데. 나는 진짜 언니가 있는 난희와 동생이 있는 난희의 언니가 부럽다. 아빠는 뭐 하셔? 집은 어디야? 물으려다가 나는 참는다. 준성 오빠의 학교와 고향과 부모의 직업을 캐묻던 엄마가 생각나서다. 그런 것까지 엄마를 닮다니, 나는 나 자신이 밉다. 대학 선배와 연애결혼하고, 사범대학 나와서 교사를 하고, 딸을 잔소리로 키우는 엄마를 닮고 싶지 않다.

“넌 집에 전화 안 하니?”

난희가 물었을 때 나는 고개를 흔들었다. 전화하고 싶지도 않고 받고 싶지도 않아서 전원을 꺼두었다. 그래도 엄마는 갈두 오빠를 CCTV 삼아 나의 일상을 꿰뚫고 있을 것이다. 그저께 갑자기 오빠가 나에게 전화를 바꾸어주었다. 엄마는 집에서 늘 듣던 말을 또 했다.

"몸조심해. 손 자주 씻어. 신종 플루가 난리다. 거긴 비 안 오지? 너, 거기 가길 정말 잘했어. 여긴 장마 시작이란다. 지겨워."

"다이몬……은?"

"넌 어떻게……."

"……."

"엄마보다 개가 먼저니……, 아직 병원에 있어."

통화는 짧게 끝났다. 오빠가 방을 나가고 나서 난희가 내 어깨를 툭 때렸다. 장난 치고는 너무 아파서 나도 모르게 난희를 노려보았다. 난희가 내 눈앞에 자기의 얼굴을 바짝 갖다 댔다.

"노려보면 어쩔 건데, 박수린? 너, 진짜 못됐다. 그렇게 안 봤는데."

"뭐가?"

"너 방금 엄마랑 전화한 거 아니니?"

"맞아."

"너네 엄마 계모야? 의붓엄마냐구."

"참견 마."

"다 들었어. 넌 엄마보다 똥개새끼가 먼저니?"

“다이몬은 똥개 아니야. 골든 리트리버, 족보 있는 개야.”

“엄마보다 좋아?”

“…….”

“어떻게 친엄마한테 그럴 수가 있어? 너, 인간 다시 보인다. 완전 바닥이네.”

“태클은 사양이야. 너나 잘해.”

“어쭈! 너나 잘해? 말 다 했어?”

“너네 엄마랑 우리 엄만 달라.”

“어떻게 다른데?”

“우리 엄마는…….”

— 너네 엄마와 달라. 딸과 같이 맥주를 마시면서 수다 떠는 엄마가 아니란 말이야. 나를 산속으로 끌고 가서 죽이려고 했어. 강제로 내 몸에 칼을 댔어. ……내 의견 같은 건 묻지도 않았어. 단 한마디도…… 살인자야.

입을 열기도 전에 얼굴이 와락 일그러졌다. 슬프다는 느낌도 없는데 물방울이 후드득 떨어졌다.

“우웩, 그만하자. 말 막히면 눈물로 슬쩍 넘어가는 거, 그거, 내 전공이야. 벌써 배워서 써먹네? 역시 박수린은 위대한 천재야. 너, 그거 알아? 천재와 똥개는 동급이야.”

난희는 나에게 손수건을 건네고 샤워실 쪽으로 갔다. 샤워실 문이 닫히기 전에 나는 말을 쏘았다.

“우리 엄마는 너네 엄마와 달라.”

“그래. 나도 알아. 너네 엄마랑 울 엄만 엄청 다르지. 울 엄마도 너네 엄마처럼 돈 좀 많음 좋겠다.”

너도 돌칼을 들어!

저녁 먹은 뒤 난희는 내 전화를 샤워실에 갖고 들어가서 오랫동안 통화한다. 사고가 터졌다는 걸 나는 직감한다.

"죽고 싶어, 정말! ……그러게 조심하라고 했잖아, 이 쩔뚝아! 계단이 절벽이라고, 또 한 번 떨어지면 죽는다고……. 까짓 꽁치 안 먹으면 어때서. ……어떻게 내가 괜찮을 수가 있어. 아무래도 안 되겠어. 나 내일 비행기 타고 갈게. 간다면 가는 거지 누가 날 잡아. 지금 언니가 엄마 밥걱정하게 생겼어? 화장실도 못 간다고? 글쎄 엄마야 오줌을 싸든 말든, 지금은 언니 걱정이나 하라니까. 기어 다니지도 못하는 주제에. 그래, 막 나간다, 어쩔래. 그러니까 남 걱정 말고 언니 주제 파악이나 하라고, 이 쩔뚝아! 그림? 그걸 어떻게 팔아. ……엄마가 죽어도 안 내놓을걸. 그깟 그림 팔든 말든 언니 맘대로 해. 난 몰라."

통화는 자연스럽게 끊어진다. 배터리가 나갔기 때문이다. 난희는 샤워실에서 나와 침대에 눕는다. 나는 난희의 기척에 귓바퀴를 연다. 부스럭거리기는 해도 이불이 들썩이지는 않는다. 조심스럽게 스탠드를 끄고 침대 끝에 앉아서 유리창 밖을 내다본다. 호수 공원 쪽은 불빛이 없어서 캄캄하다. 오른쪽의 도로도 가끔 차가 지날 때 빼고는 캄캄하다.

"왜 일어나?"

난희가 이불을 젖히고 일어나다가 나를 건드린다. 내가 옆에 있는 걸 몰랐나 보다.

"어디 가?"

"음악실."

"가지 마, 나니야."

"무서우면 불 켜고 있어, 수린아."

"밤중에 음악실은 왜 가? 여기 로스케들 짱 무섭게 생겼던데."

"설마 날 잡아먹기야 하겠어? 잡아먹어도 할 수 없고."

"으응?"

"됐어. 날 따라오든지 말든지 네 맘대로 해."

"가지 마, 나니야. 나 혼자 무서워."

"네가 어린애니, 징징대게?"

난희는 정말 못 말리는 변덕쟁이다. 기분 좋을 때는 아무 곳에서나 춤을 추어서 주위를 환하게 만든다. 기분 나쁠 때는 입을 꾹 다물어서 주위 사람까지 숨 막히게 한다. 기분 내키는 대로 독한 말도 서슴없이 내뱉는다. 때와 장소를 가리지 않고 신경질을 부린다. 얄밉게도 난희는 내가 무력하다는 걸, 혼자서는 아무것도 못한다는 걸 꿰뚫고 있다.

"가지 마."

대답 없이 난희는 방문을 연다. 나는 얼른 겉옷을 걸치고 난희의 뒤를 따른다. 복도는 비상등만 켜져 있어서 침침하다. 예절실을 지날 때 은우와 영배의 웃음소리가 새어 나온다.

지난번에 화장실 앞에서 우연히 둘이 다투는 소리를 들었다. 리파(리틀 파파)니, 풍선(콘돔)이니, 듣기 거북해서 나는 얼른 방으로 들어와 버렸다. 이튿날 시내관광을 나갈 때에도 둘은 맞보기를 피했다. 그러나 돌아오는 길에는 언제 싸웠냐는 듯 나란히 앉아서 이어폰으로 음악을 들었다. 둘이 사귀냐고 난희에게 물었더니 모르는 척하라는 대답이 돌아왔다.

멀리서 꽹과리 소리가 들려온다. 오빠는 혼자 잠자고 혼자 밥 먹고 혼자 꽹과리 연습한다.

— 대학생이니까 고삐리들과는 안 논다, 이거겠지, 뭐.

난희가 오빠를 향해 입을 삐죽거린 적이 있었다. 내가 보기에 오빠는 사물놀이 중독자다. 혼자 고민하고 혼자 쓰는 시인에 비해 사물놀이 연주자는 행복한 중독자 같다. 네 사람이 한 음악을 한다는 점에서 그렇다. 하지만 지금 난희는 행복해 보이지 않는다. 뭔가 터지기 직전처럼 불안해 보인다.

"시끄러울 텐데."

음악실 문을 열고서 난희는 나를 돌아본다.

"장구 연습하게?"

"응."

"옆에 앉아 있을게."

"듣기 괴로울 텐데."

장구 연습하기 전에 듣는 사람의 마음을 헤아리는 난희다. 지금까지 나는 오디오를 틀거나 TV를 틀기 전에 옆 사람에게 양해를 구한 적이 없다. 그러니까 나는 난희가 아무리 세게 장구를 두들겨도 시끄럽다고 말할 자격이 없다. 두 번째로 종아리 수술 받고 누운 엄마. 꽁치 사러 가다가 절벽에서 떨어진 언니. 내가 걱정할까 봐 샤워실에서 눈물자국을 지우는 난희다. 친구를 보살피지는 못해도 나까지 신경 쓰게 하고 싶지는 않다.

"안 괴로워. 정말. 나 음악 좋아한다니까. 사물놀이도."

"맘대로 해."

무뚝뚝하다. 이럴 때는 내가 아는 수다쟁이 이난희가 아니라 괴물이다. 혼자 빈 방으로 돌아가든지, 괴물 옆에 있든지, 선택은 내 몫이다. 난희는 내가 들어서기를 기다렸다가 방음문과 덧문을 닫는다. 장구를 네 개 가져다가 앞으로 둥글게 세워놓는다. 양손에 궁굴채 두 개와 열채 두 개를 쥐고 두들기기 시작한다. 격렬하게 몸을 움직이며 미친 드러머처럼 장구를 두들겨댄다. 금세 난희의 얼굴에는 땀이 줄줄 흘러내린다. 얇은 옷은 비를 맞은 것처럼 난희의 몸에 달라붙는다.

― 다다다다.

할 말은 많은데 말 못하는 벙어리의 소리다.

― 덕덕덕덕.

아무도 말을 못 알아들으니까 자기 가슴을 때리는 소리다.

― 더러러러.

장구 소리는 커지고 빨라진다. 하늘에서 장대비가 쏟아지는 소리다. 굵은 빗줄기가 화살처럼 땅으로 내리꽂히는 소리, 내가 제일 싫어하는 빗소리다.

소나기를 맞으면 나는 꼭 독감에 걸렸다. 유치원 때 집에 왔는데 대문이 잠겨 있었다. 도우미 아줌마가 집을 비웠을 때였나 보나. 세단에 앉아서 엄마를 기다렸는데 그날따라 샤워기 물처럼 비가 쏟아졌다. 밤늦게 돌아온 엄마는 나를 보자마자 놀라서 큰 소리로 울었다. 거실의 소파에 누워 구급차를 기다리는 동안에도 엄마는 계속 나를 꼭 끌어안고서 어린애처럼 소리 내어 울었다. 엄마의 울음소리는 내 귓가를 떠나지 않았다. 매미 소리, 기차 소리, 귀신의 비명 소리로 바뀌면서 이명증은 오랫동안 나를 괴롭했다.

초등학교 때에는 준비물 값을 받으러 엄마의 학교를 찾아갔다. 엄마가 다른 학교로 옮긴 줄도 모르고 교문 앞에서 기다렸다. 그때도 맨살에 가시가 꽂히듯 소나기가 퍼부었다. 그 뒤부터 나는 언제나 가방에 우산을 넣고 다녔다. 그래도 갑자기 쏟아지는 폭우를 피하기는 어려웠다. 우산이 바람에 날아가버린 적도 있고, 우산꽂이에 넣었다가 잃어버린 적도 있었다. 그렇다고 우산을 두 개 갖고 다닐 수는 없었다.

─ 떵떵떵떵.

나도 장구를 두들기고 싶다. 난희처럼 머리와 팔과 다리를 망가진 인형처럼 흔들면서 마구 두들기고 싶다. 충동을 참지 못하고 나는 장구통 하나를 가져온다. 넓고 둥근 장구 판에다가 엄마의 얼굴을 올려놓는다. 궁글채와 열채로 드럼 치듯 장구 판을 때린다.

─ 왜 나를 낳았어?

엄마는 얼굴을 찡그린다.

─ 나도 네 나이 때 엄마에게 대들었어. 왜 나를 낳으셨냐고.

나는 아빠의 숱 적은 머리를 장구 판에 올려놓는다.

─ 왜 엄마와 식사를 안 해요?

─ 직업상 외식이 많아. 너도 알잖니.

나는 준성 오빠를 찾는다. 목울대를 움직이며 시 낭송하는 모습을 찾는다. 아주 잠깐, 장구 판에 오빠의 얼굴이 떠오르다가 사라진다. 잘 생각나지 않는다. 나는 오빠를 다 알고 있고, 오빠의 시를 다 외우고 있고, 오빠에 관해서라면 닭 뼈를 발라 먹는 버릇까지 모르는 게 없다고 생각한다. 그런데 오빠는 장구 판에 떠오르지 않는다.

—내 심장으로 들어와, 다이몬.

오빠가 먼저 말을 걸어온다. 대답할 수 없다. 나는 열다섯, 열여섯 살이 아니다. 남자의 심장으로 들어가면 어떤 결과를 맞을지를 알아버린 열일곱 살이다.

"뭐해?"

어느새 은우가 음악실에 들어와 있다. 화들짝 놀라서 나는 장구채를 떨어뜨린다. 내가 장구를 치다니! 엄마가 보았다면 당장 구급차를 불러서 정신과로 보냈을 것이다. 은우가 온 걸 모르는지 난희는 계속 장구를 두들긴다.

—쾅쾅쾅쾅!

"그만해, 나니야."

은우가 난희의 팔을 잡는다. 뿌리치고서 난희는 더욱 세게 장구를 두들긴다. 음악이 아니라 발악이다.

—듣기 괴로울 텐데.

아까 음악실에 들어설 때 난희가 하던 말이 생각난다. 정말 난희의 장구 소리는 듣기 괴롭다.

"네가 뭘 두들기는지 알아."

"참견 마."

"누굴 두들기는지도 알아."

은우는 난희가 자기를 두들긴다고 생각하는 것 같다. 그러나 난희가 두들기는 건 이난희 자신이라고 나는 짐작한다. 난희는 궁지에 몰린 엄마와 언니를 도울 수 없음을 자책하고 있다. 그 무력감을 나는 잘 이해한다. 나도 무력해서 내 몸의 앵두알을 지키지 못했다.

"스톱! 듣기 괴로워."

"왜 네가 괴로워?"

"괴롭다면 괴로운 거야."

장구 소리가 작아지고 난희의 목소리가 똑똑하게 들린다.

"왜 네가 괴롭냐구. 네가 내 친구니? 나한테 말도 안 걸잖아. 내가 말 걸면 딱 한마디로 끝내잖아. 응, 싫어, 됐어."

"내가 말도 안 걸다니 그런 말도 안 되는 억지 좀 부리지 마. 수린아, 너도 똑똑히 들었지? 얘가 가끔 이런다니까. 대책 없어, 정말."

나는 한 걸음 물러서서 이 방을 나갈 때를 기다린다. 아직 아무와도 비밀을 틀 만큼 친하지 않다. 누구 한 사람을 편들 수는 없다. 내가 없는 상태에서 둘이 대화하다 보면 매듭이 풀릴 것이다. 두 사람은 초등학교 때부터 같이 공연을 다닌 단짝이니까.

"너도 잘 생각해봐. 지난번 식당에서 수린이한테만 음식 갖다 주었잖아. 나 몰래 수린이한테만 마트로시카 사준 것도 다 알아. 넌 내 친구가 아니야. 변했어."

"얘 짱 웃기네. 내가 왜 변해. 그리고 너는 뭐, 나 아플 때 음식 갖다 줬니? 선물 사준 적 있니? 기브 앤 테이크지, 무슨 억지야?"

은우의 허스키한 목소리는 난희를 물어뜯는 것 같다.

— 그만해, 은우야. 지금 나니가 좀 힘들어서 그래. 집에 무슨 일이 있나봐. 그러니까 할 말 있어도 참고 나중에 하면 좋겠어. 나니도 그만해. 마트로시카 너 줄게. 나 러시아 인형 안 좋아해. 애기 인형은 더 싫어.

두 사람이 내 마음을 읽어주기를 바라며 나는 방음문의 손잡이를 잡는다. 로스케한테 잡아먹히더라도 난희의 눈물보다는 나을 것이다. 난희든 엄마든 눈물을 보는 건 질색이다.

"다 알아. 내가 하는 짓마다 못마땅해하는 것도 다 알아. 수린이한테 내 흉본 것도 다 알아. 인물 하나 믿고 깽판 친다고 했겠지. 알면서 참은 건……."

"그만해."

"참은 건……, 친구니까……. 난 네 장구 소리를 들으면서 징을 칠 때가 좋아."

내가 잡고 있는 손잡이를 은우가 비튼다. 문을 여니까 차가운 밤공기가 들어온다.

"가자, 수린아."

은우가 내 팔을 잡아끈다. 나는 망설인다. 난희만 혼자 두고 숙소로 돌아가고 싶지 않다. 난희는 아직도 네 대의 장구 앞에 서서 두 팔을 늘어뜨리고 있다. 옷매무새는 흩어져 있고 길고 검은 머리카락은 땀 젖은 얼굴에 반쯤 달라붙어 있다. 레이저 광선처럼 빛나던 긴 눈은 젖은 채로 허공을 바라보고 있다.

나는 알고 있다.
오직 운이 좋아서
친구들은 죽고 나는 살아남았다는 사실을.
지난밤 꿈속에서
친구들이 나에 대하여 이야기하는 소리를 들었다.
'강한 자는 살아남는다.'
나는 자신이 미웠다.*

나는 나 자신이 밉다. 지금껏 나는 난희보다 내가 강하다고 생각해본 적이 단 한 번도 없다. 그러나 나는 지금 처음으로 확실하게 깨닫는다. 나는 난희보다 강하다. 내가 아니라 내 딛고 선 자리가 난희보다 강하다. 종아리구이춤으로 딸을 키우는 엄마도 없고,

---

절벽을 기어 다니며 밥하는 언니도 없다. 지갑이 빌까 봐 걱정해 본 적이 없는 자신이 나는 밉다. 물을 나누어 마시듯, 밥을 나누어 먹듯, 지갑을 나누는 방법을 몰라서 더 밉다.

"크크크크."

갑자기 난희가 웃음소리를 낸다.

"넌 정말 여우야, 여우. 수린이가 부자니까 찰싹 붙어서 알랑방 귀 뀌는 거, 다 알아."

나가다 말고 은우가 돌아선다. 픽, 웃고 나서 난희에게 돌칼 같 은 말을 던진다. 토성에서 발굴된 구석기 시대의 돌칼처럼 날이 벼려 있다.

"나도 다 알아. 너네 아빠 봤어. 서울역 지하도에서……. 사장님 이 지하도에 사니?"

끝이 뾰족하고 긴 돌칼은 정확하게 정수리를 맞춘 것 같다. 기 어이 난희의 눈에 핏물 같은 눈물이 차오른다. 눈을 감아도 다 보 인다. 절벽에서 굴러떨어지며 피 흘리는 사람은 난희의 언니가 아니라 난희다. 고통 받는 친구를 멍하니 쳐다보는 구경꾼은 바 로 나다. 박수린에게 나는 말한다.

— 다이몬, 너도 돌칼을 들어!

징을 두드리는 동안

― 덩!

― 기덕!

― 오늘은 가다가 여기서 두드려요.

― 내일은 가다가 저기서 두드려요.

― 얼싸~ 절싸~ 두드려요.

― 땅으로~ 땅 속으로 두드려요.

― 차르르르.

금쇠가 울린다.

― 다다다다.

장구가 맞받아친다.

― 차르르르.

다시 금쇠가 운다.

— 다다다다.

다시 장구가 맞받아친다. 연주에 맞추어서 갈두 오빠가 앞소리를 메기면 모두 뒷소리를 받는다.

— 딱딱한 건 두드려서 말랑말랑 만들고,

— 두둥두둥 둥, 두두둥.

— 구겨진 건 두드려서 반듯반듯 펴고,

— 두둥두둥 둥, 두두둥.

— 닫힌 문은 두드려서 넓게 넓게 열고,

— 두둥두둥 둥, 두두둥.

— 닫힌 마음 두드려서 활짝 활짝 열고,

— 두둥두둥 둥, 두두둥.

금쇠가 울고 장구가 맞받아치는 건 꼭 싸우는 것 같다. 주고받고, 계속 주고받으면서 소리는 아주 조금씩, 제자리걸음하듯이 표시 나지 않게 커져간다. 홈피에서 다운 받아 듣던 곡, 웃다리 풍물이다. 생음악과 엠피스리는 다르다. 컴퓨터로 들을 때에는 생각이 멈출 정도로 시끄러웠다. 그런데 직접 들으니까 악기들이 대화를 나누는 것 같다. 재미있는 이야기를 넷이서만 주고받고 나만 따돌리는 것 같다. 가까이에서 들으니까 정말 금쇠는 장구에게 뭔가를 조르고 있는 듯하다. 더 부드럽게, 더 세밀하게 두드리라고 애원하는 듯하다. 금쇠가 애원해도 장구는 또박또박 일정한 음량과 속도를 유지한다.

— 후드르르르.

갈두 오빠만의 후두룩 가락이다. 소리가 빗줄기처럼 후두룩 떨어진다는 뜻이란다. 정말 쇳소리는 빗줄기처럼 나를 두들긴다. 멀쩡한 하늘 아래에 가만히 서서 비를 맞는 것 같다. 그런데 기분은 괜찮다. 독감 걱정을 할 필요가 없는 시원한 소리의 비다.

— 더더더더.

구경꾼들이 우리를 둘러싸고 있다. 양파 모양의 돔 지붕 아홉 개로 된 성 바실리 성당 앞이다. 벽돌이 끝없이 이어진 역사박물관, 러시아 국기가 펄럭이는 크렘린 궁, 그 사이의 붉은 모스크바 광장에서 벌이는 사물놀이 판이다.

— 과앙~.

난희는 긴 생머리를 검정 고무줄로 동여맸다. 꽉 묶어도 머리카락은 사물놀이를 시작하자마자 헝클어진다. 머리를 세게 흔들기 때문이다. 오빠와 영배는 까만 모자를 쓰고 이마에는 큰 헝겊 꽃을 달았다. 주유나이 패의 연주복인 더그레는 흰옷 위에 검정색 조끼다. 빨강, 노랑, 파랑 색깔의 세 띠를 오른쪽 어깨에서 왼쪽 허리로 내린 다음 뒤로 돌려 묶었다.

— 쩍쩍쩍쩍!

금쇠가 갑갑한 소리를 낸다. 먹쇠 가락이다. 소리가 소리를 먹어서 소리가 없는 것 같은 가락을 먹쇠 가락이라고 한다는 걸 홈피에서 읽었다. 뜬쇠는 신들린 쇳가락이고, 짝쇠는 부부처럼 같이 치는 쇳가락이다.

— 딱딱!

장구가 금쇠의 숨구멍을 막는다. 뛰지 못하게, 날지 못하게 막는다.

— 갠지개그르르.

금쇠는 자잘한 진주알들이 흩어지는 듯하다. 북은 심장의 고동처럼 힘차게 뛰어다닌다. 장구는 금쇠와 북의 장난에 끼어들어 훼방 놓듯이 논다. 징은 잔재주를 부리지 않는다. 자기 이야기도 털어놓지 않는다. 세 악기의 이야기를 들으면서 징은 대답하듯이 이따금 한 번씩 맞아, 그럼, 알았어…… 징소리를 낸다. 사물놀이에서 징은 유치원 선생님을 닮았다. 아이들이 아무리 까불고 어질러도 화내지 않고 웃으면서 혹시 누가 다치지 않을까, 지켜보는 유치원 선생님을 닮았다.

— 닥닥닥닥.

가락이 휘몰이 장난으로 들어산다. 징이 깔아주는 넓은 진디밭에서 꽹과리와 북과 장구는 마음껏 장난친다. 은우가 장구를 내려놓고 꽹과리를 잡는다. 웃다리 풍물의 마지막 장인 짝쇠 가락을 할 차례인가 보다. 오빠의 상쇠가 밀면 은우의 부쇠가 당기고, 상쇠가 솟으면 부쇠가 땅으로 끌어내린다. 싸움 같기도 하고, 힘자랑같이도 들린다. 아슬아슬해서 못 듣겠다고 생각한 순간 오빠가 금쇠를 바닥에 텅 던지고 일어선다. 구경하던 사람들이 우르르 뒤로 물러난다.

— 아!

오빠가 주머니에서 뭔가를 꺼내어 바닥에 휘익 던진다. 하얗고 긴 뱀이 붉은 대리석 바닥을 빠르게 돌아다닌다. 구경꾼들이 소리를 지르며 뒷걸음질 친다. 뱀은 점점 더 크게 자리를 잡으면서 돈다. 오빠는 흰 뱀을 돌리기도 하고 세우기도 하면서 묘기를 보인다. 앞뒤로 구르고, 좌우로 구르고, 책상다리로 앉아 머리의 뱀을 돌린다.

— 척! 척!

뱀은 수직으로 서서 땅바닥을 때린다. 오빠는 오른쪽 왼쪽으로 사뿐사뿐 뛰면서 뱀 혓바닥을 피한다. 난희, 은우, 영배의 사물놀이 가락에 쫓겨서 뱀의 움직임이 점점 눈에 보이지 않을 정도로 빨라진다.

— 와, 귀신 같아.

귀신놀이지 도저히 사람이, 그것도 내가 아는 사람이 하는 짓이라고는 믿을 수가 없다. 오빠의 열두 발 상모놀이를 나는 처음 본다. 사람이 다르게 보일 정도로 멋지다. 나중에 알아보니까 흰 뱀은 한지를 몇 겹 붙여서 만든 십오 미터짜리 상모 꼬리였다.

가이드 홍기범은 벌써 며칠 전부터 아르보트 거리에 대하여 너스레를 떨었다. 노래하고 춤추며 자유를 만끽할 수 있는 국제적인 예술의 거리라고, 주유나이 패가 꼭 공연을 해야 한다는 것이었다. 예술의 거리를 가기 전에 먼저 모스크바 광장에서 판을 벌였는데, 의외로 사람이 많다. 주유나이 패가 사물을 노는 동안 홍기범은 챙이 달린 모자를 관객들에게 돌린다.

"공짜가 어딨어."

모자를 꼭 돌려야 하느냐고 말려도 막무가내다. 재주를 보여주고 돈을 받는 것은 당연한 예술가의 권리라는 것이다. 모자에 반채운 돈을 홍기범은 우리들에게 보여준다.

"거리에서 번 돈, 거리에 뿌려야지. 좋은 곳으로 안내해, 기범아."

"오케이! 내 아지트로 안내해드리지."

아르보트 거리에는 관광객도 많고 예술가도 많다. 캔버스에 초상화를 그리는 화가, 아코디언으로 〈아리랑〉을 연주하는 음악가, 보디페인팅을 하고 퍼포먼스를 벌이는 행위예술가의 앞에는 유로, 달러, 엔, 원이 든 돈 통이 놓여 있다.

"노숙자의 거린지, 예술가의 거린지 까리하네. 심각한 낯판은 예술가 같고, 쾨쾨쾨한 쇼락서니는 상서시 같고."

"맞아."

영배의 말에 은우가 맞장구친다. 구질구질해 보여도 그들의 얼굴에는 하고픈 것을 한다는 자부심이 엿보인다. 스스로의 힘으로 자기 자리를 만드는 사람들 같다. 아빠는 뭐 하고, 엄마는 뭐 하고, 어떤 집에 살고, 어떤 학교에 다니고, 어떤 성적표를 받느냐는 것은 여기서 중요해 보이지 않는다. 유심히 사방을 둘러보며 영배가 감탄한다.

"야, 분위기 죽인다. 딱 내 스타일이야."

"필 굿이지? 한국 가지 말고 나랑 여기서 살아, 영배야. 자유로운 예술혼이 숨 쉬는 곳, 피노키오가 생명을 얻는 곳, 나무토막 같은 사람도 예술가가 되는 곳이 바로 여기야."

영배와 홍기범의 손바닥이 공중에서 딱 마주친다. 은우가 얼른 팔을 뻗어서 영배와 하이파이브를 한다.

"나두, 나두. 나두 여기 살래. 이런 분위기, 너무 좋아."

"여우, 넌 또 왜 튀니. 참아라, 참아. 너, 그 잘난 콩글리시, 여기선 안 통해. 굶어 죽는다니까?"

"굶어 죽어도 난 자유가 좋아, 나니야. 어떤 사람은 자유에서 피 냄새가 난다지만 난 자유에서 음악 소리를 들어. 하늘 땅 바다 구름 속으로 떠다니는 천둥 번개 소나기 가랑비…… 천지를 울리는 사물의 소리! 안 그래, 금배야?"

"야아, 여우, 제법인데!"

영배의 감탄에 은우의 낯이 환해진다. 은우의 기분에 따라서 영배는 돌배도 되고 금배도 된다.

"다 왔어요. 저기 보이는 저 카페, 연두색 파라솔 늘어선 곳이 푸시킨 카페예요."

앞서 가던 홍기범이 한 곳을 가리킨다.

"저 카페가 우리 아지트예요. 토요일에는 우리 음악연극과 학생들이 판을 벌여요. 주로 요즘 배우고 있는 걸 올리죠. 〈로미오와 줄리엣〉, 〈오페라의 유령〉, 〈시카고〉……. 여기서 공연하다가 정통 뮤지컬에 출연할 기회를 얻는 선배도 많아요."

노천카페가 줄 지어 선 거리에서 한 카페가 눈에 띈다. 기둥이 한쪽으로 높이 선 연두색 파라솔들이 고급스럽다.

"싸움 났나 봐. 어? 우리 과 선밴데?"

카페 한쪽에서 러시아 남자들과 동양 남자들이 뭐라고 소리를 지르고 있다. 서로 밀고 잡고 건드리는 폼이 곧 주먹질과 발길질이 오갈 분위기다. 싸움판으로 가는 홍기범을 갈두 오빠가 잡아끈다.

"트러블은 곤란해. 다른 곳으로 가자."

그러나 벌써 홍기범은 구경꾼들을 제치고 테라스로 올라가는 중이다. 홍기범이 동양계 남자들과 몇 마디 나누더니 돈을 꺼내 들고 러시아 남자들에게 간다. 술값을 줄 테니 사라지라고 사정하는 것 같다. 제일 키 큰 러시아 남자가 홍기범의 멱살을 잡는다. 높이 쳐드니까 홍기범은 사지를 버둥대며 캑캑 숨넘어가는 소리를 낸다. 영배가 북채를 꺼낸다.

"나니야, 징채 좀 줘."

"왜?"

"치고받고 난리잖아."

“나서지 마, 남의 싸움판에.”

“기범 형이 남이야? 빨리 징채, 내놔.”

“크렘린 궁 앞에 기마병들이 있던데, 달려오면 어떡해.”

“그래, 참아, 금배야.”

— 차르르르.

금쇠가 울린다.

“로스케들, 혼을 쏙 빼줄까, 고막을 깨버릴까?”

난희가 징채를 높이 던진다.

“고막 깨는 거라면 자신 있어, 오빠.”

은우가 장구를 어깨에 멘다. 영배도 재빨리 북을 메고 쾅쾅 친다.

— 콰앙! 콰앙!

— 쿵쿵쿵쿵!

— 떵떵떵떵!

푸시킨 카페 주변에서 싸움을 구경하던 사람들이 놀라서 뒤를 돌아본다. 사물놀이 소리에 귀를 막는 사람, 재미있다는 표정으로 손뼉을 치는 사람도 있다. 러시아 남자가 홍기범의 멱살을 놓고 주춤 물러선다. 오빠가 금쇠를 치면서 카페의 테라스로 올라간다. 그 뒤로 은우, 영배, 난희가 올라간다. 일행을 놓칠까 봐 나는 난희의 엉덩이에 달린 삼색 리본을 잡고 뒤따라간다. 계단에서 갑자기 난희가 선다.

“봐.”

"뭘?"

내가 잡고 있는 리본을 난희가 확 잡아챈다.

"잡으려면 세 개를 다 잡던지…… 한 개만 잡아당기면 어떡해. 허리 끊어져 죽는 줄 알았네."

한쪽 어깨에 두른 빨강, 노랑, 파랑색 중에서 내가 잡았던 파랑색만 끝이 길다. 긴 만큼 허리를 조인 모양이다.

"너 땜에 맘대로 뛸 수가 없잖아."

"미안. 널 놓칠까 봐…….'"

— 네가 어린애니, 징징대게?

잠깐 날 쳐다보다가 몸을 돌려서 난희는 영배를 쫓아간다. 나도 재빨리 뒤따라간다. 리본을 잡지 않으니까 나도 편하다.

— 콰앙!

— 쿵쿵!

싸움꾼들은 싸움을 멈추고 우리를 쳐다본다. 경찰차가 오는지, 천둥번개가 치는지, 감을 잡지 못한 눈치다. 동양계 남자들이 러시아 남자들을 한쪽 구석으로 몰아붙인다. 그런데 이 사태와 상관없이 움직이지 않는 한 사람이 있다. 파라솔 밑에 앉아 있는 청색 슈트의 남자다.

"이사님, 정 이사님, 정신 차리세요."

홍기범의 선배가 청색 남자를 흔든다. 남자는 흔드는 대로 흔들린다. 두 손을 가랑이 사이에 늘어뜨리고 머리를 반쯤 숙인 채

탁자의 술병들을 세고 있는 모습이다.

"누구예요?"

영배가 홍기범에게 묻는다. 청색 남자는 의자 끝에 앉아 있어서 곧 바닥으로 쓰러질 것처럼 위태로워 보인다. 남자가 듣지 않도록 홍기범은 고개를 뒤로 돌려서 나직하게 대꾸한다.

"손님. 우리 선배가 가이드야."

"한국 사람 같은데?"

"맞아. 우리 학교 이학년이라는데, 나두 잘 몰라."

"일단 여길 떠요, 형."

영배가 북을 바닥에 놓고 청색 남자를 등에 업는다. 난희가 징을 나에게 안기고 북을 잡는다. 갑작스러운 일이라 나는 간신히 두 팔로 징을 안고 휘청거린다.

— 난희는 한 손으로 징을 들었는데 나는 두 손으로 들고 있다니, 이게 무슨 꼴이람.

왼손으로 징을 든다. 너무 무거워서 팔이 부들부들 떨린다. 오른손의 징채로 징을 친다. 콰앙! 소리를 기대했는데, 아무 소리도 나지 않는다. 징이 좌우로 흔들리는 통에 내 몸이 따라서 흔들린다.

"바보야, 가를 치니까 그렇지. 복판을 쳐."

난희가 쏘아붙이고는 휙 지나간다. 어느새 사람들은 저만치 달려간다. 러시아 남자들과 동양계 남자들이 멍하게 서 있는 사이를 뚫고 아르보트 거리를 달린다. 오빠와 홍기범이 앞장서고 그 뒤로 영배, 은우, 난희가 달린다. 북, 장구, 꽹과리를 치면서 숨 가쁘게 달린다. 나는 징을 두 손으로 가슴에 안고 달린다. 가슴에 안은 것만으로도 내가 징을 치는 기분이다. 징소리가 징징 가슴 가득 울린다. 징소리에 실려서 내 몸이 둥둥 떠가는 듯하다.

"고맙습니다. 덕분에 살았어요. 로스케들하고 안 붙으려고 조심했는데 그만."

봉고차를 세워둔 곳에 왔을 때 홍기범의 선배가 오빠에게 인사한다. 청색 남자는 여전히 정신을 못 차린 채로 까만 리무진을 타고 가버린다.

"킹카네?"

"킬러야."

"짱인데? 얼짱, 몸짱, 놀짱."

"킹카 킬러라니까."

난희와 홍기범의 대화에 영배가 끼어든다.

"딱 킬러 스타일이네. 에프 킬러 모기약."

진실 게임

강습이 없는 두 번째 토요일 오후다. 러시아 음악가 동맹의 초청을 받아서 봉고차는 이슥이라는 도시로 달린다. 이슥에는 러시아 음악가들의 휴양지이며 별장인 다차가 있다고 한다. 다차는 러시아뿐 아니라 세계적인 음악가들이 모여서 음악으로 대화하는 음악의 메카란다. 거기에 초청받은 것이 큰 영광이라고 교장 선생님은 말했다. 음악가들이 사물놀이를 듣고 싶어서 초청했나보다, 짐작하고 나선 길이다.

난희는 내 어깨에 기대어 잠들어 있다. 약간 벌어진 입으로 침이 쉴 새 없이 흘러나온다. 나는 난희의 입과 내 어깨 사이에 손수건을 살며시 껴 넣는다. 갈두 오빠는 눈을 감은 채 오른 손가락으로 금쇠를 두드리고 있다. 난희 언니를 업고 계단을 내려오면서 무슨 생각을 했을지 궁금하다. 왜 대학생 팀에서 활동하지 않고 고등학생 팀을 이끄는지도 궁금하다. 하지만 나는 물어볼 수 없다. 이미 오빠는 예전에 나와 함께 웃뜨웃뜨 뛰어다니던 고등학생 나갈두가 아니다. 그때보다 키가 크고, 가슴이 넓고, 이성적인 대학생이다. 그때보다 성숙하고 책임감 있는 사람, 어떤 상황에서도 권리와 의무를 다하는 어른이다. 오빠는 팀의 리더고 나는 깍두기다. 겨우 세 살 아래인데 나는 지금 오빠에게 기생충처럼 붙어서 여행하고 있다. 삼 년 뒤에는 나도 오빠처럼 성숙해 있을까. 자신 없다.

— 너 진짜 순진하다, 수린아. 한 번 업었다고 책임지니? 한 번 키스했다고 책임지니? 한 번 잤다고 책임지니? 깔깔깔.

난희는 배꼽을 잡고 웃었지만 나는 웃을 수 없었다. 오빠를 보니까 정말 대학 가면 사람이 달라진다는 느낌이 든다. 고등학생과 대학생이 꽃과 열매라면, 꽃이 떨어진 자리에 열매가 매달리니까 복학은 중요하다. 고등학교를 졸업해야 이류 대학이라도 갈 수 있다. 엄마는 학교보다 건강이 먼저라고 말했지만 내가 빨리 학교로 돌아가기만을 기도하고 있을 것이다.

— 다시 학교로……. 친구들은 삼학년인데 나는 이학년으로……. 애들이 눈치챘을 텐데, 선생님들도 다 알 텐데……. 갈 수 없어. 싫어. 집도 엄마도.

집과 엄마와 학교를 떠날 수는 있겠지만 러시아는 대안이 아니다. 몸은 러시아에 있는데 머릿속은 한국에서의 일로 꽉 차 있다. 싫어도 돌아갈 수밖에 없을 게 뻔하다. 매일 절벽을 내려가서 꽁치를 사오는 언니, 변비로 막힌 언니의 똥꼬를 후벼주는 여고생도 있다. 나도 내 무게만큼의 짐을 등에 업어야 할 것이다. 엄마가 칠십 킬로그램에서 팔 킬로그램을 빼면 그 무게를 내 등에 업을 수 있어야 할 것이다.

"이 음악 좀 들어봐, 수린아."

은우가 나에게 이어폰을 준다. 음악 들을 기분은 아니지만 거절하기도 그래서 귀에다 꽂는다.

갑자기 왔다 적시고 간다 소나기
날이 참 좋았는데 화창했는데,
갑자기 왔다 적시고 간다 소나기
우산 없이 살다가 아주 흠뻑 젖었네.
정신없이 살다가 아주 흠뻑 젖었네.*

— 하필 소나기야!

---

* 싸이의 「소나기」 중에서.

잔디밭에 쏟아지는 빗줄기를 보면서도 내 입술은 새파랗게 질렸다. 두꺼운 옷을 입고도 이빨을 마주치며 떨었다. 비 오는 날은 학원을 빠져도 엄마는 뭐라고 하지 않았다. 독감 걸리느니 집에서 공부하는 게 낫다고 했다. 집에서 창문을 꼭 닫고 있어도 빗소리는 나를 때렸다.

적당히 듣는 척할까, 돌려줄까 망설이다가 나는 일단 이어폰을 귀에서 뺀다.

"노래, 짱 시원하지? 진짜 소나기 맞는 것 같잖아."

나는 건성으로 고개를 끄덕이고 약간 피곤하다는 포즈로 이어폰을 돌려준다. 그리고 은우가 다시 말을 걸까 봐 등을 의자에 기대고 눈을 감는다. 기분 엉망이다. 소나기가 시원하다고? 독감이나 확 걸려라. 난희 같으면 이렇게 쏘아댔을 것 같다.

"영배야. 진실게임 때리자."

"나니 자."

"쟤는 차만 타면 드르렁이야."

밤새 요란하게 코를 골고 잔 사람은 난희가 아니라 은우다.

지난밤에 난희가 잠 못 자는 모습을 나는 바로 곁에서 지켜보았다. 난희는 이불을 머리끝까지 뒤집어쓰고서 뒤척거렸다. 그저께 저녁에 언니와 통화한 다음부터 또 난희는 나에게 말을 걸지 않았다.

─그래, 막 나간다, 어쩔래. 그러니까 남 걱정 말고 언니 주제 파악이나 하라고, 이 쩔뚝아! 그림? 그걸 어떻게 팔아. 엄마가 죽어도 안 내놓을걸……. 그깟 그림 팔든 말든 언니 맘대로 해. 난 몰라.

그리고 전화는 끊어졌다. 음악실에서 장구를 네 대 놓고 몸부림치듯이 두들기다가 은우에게 돌칼을 맞았다. 그런 다음부터 난희는 내가 말을 걸어도 대답하지 않았다. 꼭 대답을 해야 할 경우에도 머리를 끄덕이거나 간신히 응, 했다. 말하기도 싫고, 말 듣기도 싫고, 지구를 떠나고 싶은 눈치였다.

─아무래도 안 되겠어. 나 내일 갈게. 비행기 타고 간다구. 내가 간다면 가는 거지 누가 날 말려. 아, 간다니까!

누우면 코부터 고는 잠꾸러기 난희가 왜 이불 속에서 뒤척이는가를 나는 잘 알고 있었다. 그렇지만 나는 난희에게 위로의 말을 꺼내놓지 못했다. 꽁치를 사러 가다가 계단 아래로 곤두박질친 언니의 동생에게 내가 할 수 있는 말은 없었다. 돌칼 같은 말을 던지는 은우에게조차 나는 난희를 감싸는 말도 한마디 하지 못했다.

─난희라면 나를 위해 은우랑 싸웠을 텐데, 난 정말 한심해.

난희를 위해 아무것도 하지 않는 내 자신이 미웠다.

─다이몬, 난 지금까지 내가 꽤 괜찮은 아이라고 생각했어. 그런데 이게 뭐야.

나는 정말 내가 미웠다. 나는 이난희의 친구가 아니었다. 친구라면 어떤 방법으로든 마음을 표현했어야 했다.

— 우리는 친구잖아.

난희는 집안의 창피한 일도 서슴없이 말해주는 진짜 친구였다. 그러나 나는 난희를 괴롭히는 일들에 침묵했다. 나는 침묵의 다른 모습을 보았다. 침묵은 무력함이었다. 언제부턴가 나는 내가 다 컸다고 생각해왔다. 그런데 내가 할 수 있는 건 아무것도 없었다. 유치원생, 초등학생, 중학생 때와 지금의 나는 똑같았다.

— 다이몬!

나는 속으로 일기장 속의 내 이름을 부르며 돌칼을 던졌다.

— 다이몬, 너, 진짜 못됐다.

어젯밤, 난희가 이불 속에서 뒤척이는 동안 나는 시집을 펼쳤다. 읽으려고 꺼냈지만 사실 나는 시집의 표지도 구경하지 않았다. 내 눈은 갈 곳이 없어서 그곳에 머물러 있는 것뿐이었다.

— 으으…….

혀를 깨무는 소리가 이불 밖으로 새어 나왔다. 나는 이불 속으로 들어가서 난희를 껴안고 같이 으으…… 소리 내고 싶었다. 용기를 내려고 노력했지만 이불을 잡은 내 손은 떨기만 했다. 견디지 못하고 나는 숄더백을 열었다. 백에서 까만 약병을 꺼냈다가 집어넣기를 반복했다. 나중에는 약병 뚜껑을 비틀었다가 제자리에 돌려놓고 다시 비틀었다가 제자리에 돌려놓기를 반복했다. 손바닥이 얼얼했지만 달리 할 수 있는 일이 없었다. 지금껏 약을 먹지 않은 것은 난희 덕분이었다. 그동안 난희와 붙어 다녔기 때문에 우울하지 않았던 것이다.

— 눈감으면 그만이야. 끝.

한밤중의 좁은 방 안에서 난희는 가끔 이불을 들썩거렸다. 코를 훌쩍거리다가 심하면 휴지로 코를 짜냈다. 코 막힘으로 숨을 쉴 수가 없으니까 난희는 이불을 젖히고 일어나서 샤워실에 들어갔다. 한 시간이 지나도록 난희는 샤워실에서 나오지 않았다. 물소리도 들리지 않고 코를 짜내는 소리도 들리지 않았다. 내 머릿속은 갖가지 나쁜 상상으로 터질 것 같았다.

— 미치겠어.

더 참지 못하고 나는 약병의 약을 손바닥에 부었다. 까만 약병 속에서 흘러나온 하얀색 알약들이 나를 유혹했다.

— 빨리 먹어. 금방 편안해질 거야.

숨을 들이쉬지 못해서 나는 헉헉거렸다. 가슴을 펴고 입을 크게 열어도 호흡이 힘들었다. 뭔가를 깨지 않고는 견딜 수 없는 기분이었다. 뭔가를 깨지 않으면 내가 깨질 것이었다.

— 나까지 난희를 괴롭힐 수는 없어.

조금이라도 정신이 있을 때 약을 먹어두어야 했다. 나에게 무슨 일이 일어난다면 난희의 신세를 져야 할 것이었다. 만일 난희가 샤워실에서 잠들었다면 나 또한 살아서 아침을 맞을 수 없을

지도 모르는 일이었다. 알약을 코에 대니까 병원에서 억지로 삼키던 때의 기억이 떠올랐다. 한 알은 증세가 완화되고, 세 알은 잘못하면 혼수상태에 빠진다고 닥터 윤이 주의를 주었다. 나는 세 알을 꺼냈다. 아무 생각 없이 잠들고 싶었다. 아주 깊이, 으으 소리, 콧물 찍찍 짜는 소리가 들리지 않는 곳으로 사라지고 싶었다.

나는야 고양이를 겁탈하는 쥐
랄랄랄
내 인생은
피를 보고서야 멈추는 농담*

처음부터 내 인생에는 농담이 없었다. 약을 먹으려고 물을 따르는데 샤워실이 열렸다. 나는 급히 알약을 숨겼다. 내가 등을 보이며 서 있자 난희가 다가왔다. 뒤에서 나를 껴안고 내 등에 얼굴을 묻었다. 등짝이 뜨거운 물에 젖는 것을 나는 가만히 느꼈다. 아끼는 것들을 못 지키는 박수린, 고통 받는 친구에게 위로의 말 한마디 건네지 않는 박수린에게 난희가 기대고 있었다. 나는 엄마를 용서할 수 없는 것이 아니라 바로 나밖에 모르는 나 자신을 용서할 수 없다는 것을 깨달았다. 세 알의 알약도 아까운 인간이 바

---

* 김언희의 「랄랄랄2」 중에서.

로 나였다. 갑자기 꼬르륵 소리가 들렸다. 믿을 수 없을 정도로 큰 소리였다. 내 등에 얼굴을 묻고서 난희가 우는데 내 배는 눈치 없이 배고프다고 꼬르륵거린 것이었다. 난희가 내 등에서 클클 웃었다.

— 웃다니!

돌아서서 나는 난희를 보았다. 클클클클 소리 내어 웃는 얼굴이 눈물 콧물 범벅이었다. 나는 두 팔을 벌려서 말라깽이를 안았다. 생각보다 큰 아이는 아니었다.

"음악 듣자, 여우야."

영배가 듣고 있던 이어폰 하나를 빼서 은우의 귀에 꽂아주었다. 눈을 감고 음악을 듣는 모습이 둘이서 손잡고 어디론가 같이 흘러가는 것 같다. 부모님이 같은 전통예술인이고, 자식들이 그 재능을 물려받는 건 특혜 같다. 성격이 괄괄한 영배는 북도 꼭 자기처럼 쳤다. 따지기 잘하는 은우의 장구 소리는 까칠하게 치는 것처럼 들렸다. 세상에서 가장 순수한 소리 금쇠, 울룩불룩 열을 잘 내는 북, 깐죽거리는 장구, 크고 단순한 징은 모두 주인을 닮았다. 전혀 다른 악기들, 전혀 맞을 것 같지 않은 사람들이 어울려서 놀았다. 한 악기처럼, 한 사람처럼 한 음악을 연주했다.

— 할 말 다 하면서 어떻게 잘 지낼 수가 있지? 무시당하면 못 참을 텐데. 만일 나에게 한 악기를 고르라면 금쇠야. 당당하게 음

악을 이끌면서 짱으로 대접받고…… 멋져. 이담에 유치원 선생님 되면 아이들에게 사물놀이를 가르쳐야지.

난희는 입을 반쯤 벌린 채 내 어깨를 침으로 적시며 정신없이 잠들어 있다. 어깨가 몹시 욱신거리지만 나는 난희가 깰까 봐 움직이지 않는다. 이런 작은 도움이라도 난희에게 줄 수 있다는 것이 너무나 기쁘다. 은우의 들뜬 목소리가 들려온다.

"〈비창〉이구나. 차이코프스키 〈비창〉."

"네가 좋아할 것 같아서 넣어 왔어."

"내가 러시아에서 너랑 〈비창〉을 듣다니. 금배, 최고야."

영배가 희죽 웃다가 나와 눈이 마주치자 얼른 고개를 돌린다.

지난번에 난희가 은우에게 영배가 왜 좋으냐고 물었다.

"중학교 졸업 여행 갔을 때야. 나는 엄청 무거운 배낭을 메고 줄 서 있었어. 그런데 뒤에서 영배가 두 손으로 내 배낭을 받쳐주더라. 너무나 고마워서 사귀기로 했어. 난 한번 사귀면 영원히 사귀어. 순정파지."

"너, 진짜 개랑 사귀어?"

"몰랐니? 내가 커플링 보여줬잖아."

"농담인 줄 알았지. 너, 왜 그런 앨 사귀어. 개, 어떤 앤지 너도 알잖아."

"나도 알아. 대학생이랑 깨끗이 정리한 것도 믿어. 그런데 웃기는 건, 금배가 나더러 헤어지자고 하는 거 있지. 기가 막혀서. 애가 자꾸 생각난대. 미쳤지. 애를 데려다 어쩌겠다는 거야. 데려온다면 나도 어쩔 수 없어, 뭐. 쫑이야, 쫑. 첫사랑이라서 봐주려고 했는데 리틀 맘 소릴 들을 순 없지.”

나도 모르게 소리를 냈나 보다. 두 사람의 대화가 끊어졌다. 나는 두 사람이 방을 나갈 때까지 화장실에서 나오지 못했다. 리틀 맘. 나도 더는 듣고 싶지 않았다.

“코를 많이 고네.”

은우가 코를 쥐고 비트는 바람에 난희가 눈을 뜬다. 난희는 코를 부비면서 똑바로 앉는다. 내 어깨는 피가 한꺼번에 돌기 시작했는지 쥐가 난다. 나는 난희가 민망해하지 않도록 슬그머니 어깨를 주무른다. 지난번 음악실에서의 일로 다시는 말도 안 할 줄 알았는데 두 사람은 이튿날 아무 일 없었다는 듯이 마주친다. 밥 먹고, 장구 강습하고, 오후에는 샤워도 같이 한다. 싸워도 단짝은 단짝인가 보다. 난희가 같이 목욕하자고 할 때마다 나는 이것저것 핑계를 대며 피했다. 난희가 내 수술 자국을 맹장 수술 자국으로 믿어줄지 확신이 없어서다. 거짓말을 대기보다는 거짓말할 상황을 피하는 게 낫다.

“교장 선생님, 아직 멀었어요?”

“다 왔습네다. 한 시간만 더 가면 됩네다.”

다 왔는데 한 시간만 더 가면 된단다. 흐흐, 클클, 깔깔, 우리들의 웃음소리에 교장 선생님도 따라서 웃는다. 지루할 때는 영배가 기쁨조다.

"진실 게임, 내가 시작할게. 세상에서 제일 싫어하는 사람 말하기다. 나는 초등학교 때 담탱이."

"나는 아빠."

나는 난희를 쳐다본다.

— 아빠를 제일 싫어한다고? 갈비 아빠가 보고 싶다고 했잖아! 한국 떠난 지 이틀도 안 되었을 때.

묻고 싶지만 진실 게임에서 질문은 금지다. 진실 게임 중에 털어놓은 말은 나중에라도 캐물을 수 없다. 한 사람이라도 그러는 날이면 이제 막 시작한 게임을 멈춰야 할 것이다. 화투와 트럼프와 블루마블 게임에 싫증난 참이다. 홍기범에게 배운 진실 게임을 멈추고 싶어 하는 사람은 아무도 없다. 아이들이 진실 게임을 하는 이유는 나를 골탕 먹이고 싶어서일 것이다. 알면서도 나 역시 진실 게임이 좋다. 아이들과 가까워지는 느낌이다.

"나는 유구영 샘."

영배에게 모두의 시선이 쏠린다. 남사당의 일인자 유구영 선생님은 은우의 아빠다. 어린 시절부터 같은 사물놀이 패에서 활동한 영배 아빠의 친구이고 영배를 가르친 스승이다. 스승을 제일 싫어하다니. 그러나 은우는 미리 알고 있었다는 표정이다.

"엄마."

난희와 은우가 나를 쏘아본다.

"엄마라구?"

— 네가 제일 존경한다는 엄마가 세상에서 제일 싫어하는 사람이라고? 말이 되니?

두 사람의 눈초리를 나는 침묵으로 버틴다.

— 이제는 싫어. 선의의 거짓말도 안 할 테야.

나는 속으로 대답한다.

"질문은 금지. 자, 이번엔 내가 시작할게. 키스해본 적 있다, 없다."

느끼한 농담은 영배의 주특기다. 오늘 진실 게임은 좀 위험할 것 같다. 난희 말고는 아직 누구와도 마음을 틀 만큼 친하지 않다.

"혜주, 수경."

오빠가 먼저 대답한다.

"와우, 역시 대학생은 다르네. 졸업할 때는 한 트럭 되겠다."

나는 게임에 말려든 걸 후회한다. 키스 같은 건 진실 게임의 재료로 부적절하다. 키스 다음에 뭐가 나올지는 뻔하다.

— 너, 처녀 아니야? 불결해.

거짓말할 수도 없고 그렇다고 진실을 말하면 모두들 도망갈 것이다. 하지만 나는 다섯 명이 모처럼 시작한 마음 트기를 포기하기 아깝다. 거짓말하지 않기로 손가락 걸고, 손바닥에 사인까지 했는데 빠질 수는 없다.

"몇 사람이건 다 불어야 돼?"

"그래야 진실 게임이지."

"이름도 모르는데?"

눈길이 쏠리자 영배는 그제야 자신의 말뜻을 깨닫고 황당해한다. 은우가 손가락의 커플링을 흔들어 보인다.

"나 먼저 할게. 금배."

모두의 눈이 영배를 향한다.

"여우야, 거짓말하지 마. 내가 언제 너랑 키스했어?"

"작년 기말고사 쫑파티 끝나고 극장에서. 잊었니? 난 볼에 살짝 스친 것도 키스라고 생각해. 그래서 커플링 반지도 줬잖아. 아니면 왜 바로 반지를 돌려주지 않았어?"

"따지는 건 규칙 위반이야. 수린아, 너야."

"나?"

"빨리 불어."

"주, 준, 준성 오빠라고."

— 정말? 키스해봤어? 정말 너 남자랑 키스해봤단 말이야?

갈두 오빠와 영배의 눈이 나에게 쏠린다. 은우와 난희는 반대로 의심한다.

"한 사람뿐이야? 외고생은 해외 어학연수 나갈 때마다 사귄다던데."

"그래, 몽땅 불어."

"너네 지금 따지는 거니? 규칙 위반이니까 게임 끝!"

"수린이 말문 트니까 보통 아니네."

할 말은 하고, 싫은 건 싫다고 표현하기로 작정한 나를 난희가 제일 먼저 발견한다. 나는 누구에게나 NO라고 말할 수 있어야 한다고 다짐한다.

— 나는 예스걸이 아니야. 엄마의 딸랑이가 아니라구.

그리고 솔직하길 잘했다고 나를 칭찬한다. 숙소에 돌아가면 분명 난희는 준성 오빠에 대하여 캐물을 것이다. 그래도 거짓말은 안 할 생각이다. 난희도 그랬으니까.

봉고차는 러시아 전통 양식의 건물들이 드문드문 서 있는 마을로 접어든다. 라흐마니노프와 차이코프스키가 여름에 머물렀다는 곳, 다차에 도착한 거다. 차가 서니까 모두들 웃음을 거두고 진지해진다. 이제부터 화장하고 의상 입고 악기를 손질할 것이다. 무대에서만큼은 자신 있는 주유나이 패다. 주유나이는 주영배, 유은우, 나갈두, 이난희의 성을 따서 만든 이름이란다. 그 사각의 퍼즐 속에 내가 끼어들 자리는 없다. 그렇지만 나는 속으로 박수린을 주유나이 패에 끼워 넣는다.

— 주유나이박.

아직 손가락도 없는 손

교장 선생님이 안내한 곳은 작은 연극 공연장 같은 건물이다. 분장실에서 공연 준비를 하고 있을 때 극장 예술 감독이 와서 출연자 수를 묻는다. 오빠가 리허설을 해야 한다고 했더니 조선족 감독은 시간이 없다고 북한식으로 딱딱하게 말한다. 조명, 음향, 자리는 꼭 리허설을 해야 한다고 사정해도 소용이 없다. 마이크 배지를 부탁하니까 감독은 한 번 힐끗 쳐다보고 나가더니 다시 돌아오지 않는다.

— 열두 시에 시작합네다. 끝나고 바로 식당으로 갑네다.

이곳에서 친절한 사람은 교장 선생님뿐이다. 나는 무대의 자주색 커튼 틈으로 객석을 본다. 희미한 불빛 속에 빨간 의자들이 일렬로 늘어서 있다. 의자뿐, 관객은 없다.

"수린아, 손님 많니? 세계적인 음악가들 많이 왔어?"

"몰라. 개미도 안 보여."

"당근이지. 개미가 보이겠니? 로비에서 기다리나? 시간 됐는데."

"얘들아, 기분 내. 보너스가 있잖아. 받는 즉시 사등분해서 줄게. 기분 내. 최고급 요리와 시원한 호수가 기다린다. 기분 업, 업! 아자, 파이팅! 자, 모여!"

"두두두두, 웃뜨웃뜨, 아자, 파이팅!"

나는 난희의 손을 잡고 같이 둥글둥글 돈다. 주유나이박. 은우가 나를 눈치 주었지만 개의치 않는다. 꽹과리 나갈두, 장구 유은우, 북 주영배, 징 이난희. 네 사람은 지갑, 시계, 핸드폰과 아이패드를 나에게 맡기고 무대로 나간다. 이윽고 무대에 불이 들어오고 은은한 황색 조명이 네 사람을 감싼다.

— 떵! 떵! 떵! 떵!

— 러시아 모스크바 이슥 다차!

— 떵! 떵! 떵! 떵!

— 일패 이패 삼패 사패 각각 등등 모였구나!

— 떵! 떵! 떵! 떵!

— 신명나게 두드리자.

— 차르르르.

어둠이 눈에 익으니까 나에게도 객석이 보인다. 두터운 자주색 커튼 사이로 객석을 보다가 나는 낮게 비명을 지른다. 넓은 객석에 관객은 세 사람이다. 백발의 러시아 남자, 교장 선생님, 그리고 젊은 남자.

사물놀이는 처음부터 균형을 잃고 비틀거린다. 사물을 두드려서 서로의 마음을 두드리던 힘이 없다. 서로서로 끄덕이고, 서로서로 추어주고, 사지를 들썩거리던 신명이 없다. 웃음 한 번, 몸짓 한 번 없이 로봇처럼 꼿꼿이 앉아서 쇠, 징, 북, 장구를 내리친다. 연주 중간에 러시아 남자가 자리를 떠난다. 이어 젊은 남자가 자리를 떠난다. 연주가 끝난 뒤 박수를 친 사람은 교장 선생님 한 사람뿐이다.

조명이 꺼진다. 무대를 퇴장하는 아이들은 진실 게임 할 때의 그 아이들이 아니다. 모두 자신 때문이라고 오빠는 자책하는 것 같다. 어디서부터 잘못 꼬인 건지는 알 수 없지만 팀장의 책임이라고 생각하는가 보다. 교장 선생님만 믿고서 관광을 가라면 가고, 온천을 가라면 갔다. 첫날처럼 공연을 하라면 준비가 안 된 상태에서도 공연을 했다. 어른이 시키는 대로 무조건 따라한 것이다. 마지막으로 퇴장하는 오빠의 두 눈에 눈물이 고여 있다. 내 눈과 마주치자 눈물은 툭 떨어진다.

— 대학생은 책임의식도 강하구나.

오빠의 눈물은 너무나 뜻밖이다. 속이 상했지만 나는 어떻게도 할 수가 없다. 박수린의 능력이란 건 고작 말없이 일행의 뒤를 따라다니는 것뿐이다. 아무도 말을 걸어오지 않을 때 먼저 말을 건다는 것이 얼마나 큰 용기를 필요로 하는가를 깨달았을 뿐이다.

공연이 끝난 뒤 우리는 점심도 먹지 않았다. 교장 선생님이 잡았지만 뿌리치고 우리끼리 호수로 왔다. 아이들은 나무 밑의 잔디에 아무렇게나 쓰러지듯 눕는다. 모두 나에게 뒤통수를 보이고 눕는다. 자는 척하거나 게임기를 두드린다. 아무도 나에게 얼굴을 보이지 않는다. 나는 왕따다. 사실 왕따가 맞다. 인정하면 편하다. 어릴 때부터 논 아이들 사이에 어색하게 끼어들어 있는 것이다. 나를 일부러 따 시키려고 해서가 아니라 끼어든 내가 자초한 것이다.

— 다 속으로 울고 있나 봐. 어떡해.

위로의 말을 건네는 것, 안아주는 것은 어른들만이 할 수 있는 일인가 보다. 음악을 잘 모르는 나는 예술가들의 상처를 치료할 방법도 모른다. 섣불리 나섰다가는 모두들 나에게 으르렁댈 것 같은 분위기다. 공연 실패는 내 탓이 아니다. 하지만 나는 네 명의 주유나이 패에게서 적대감을 느낀다.

"미안합네다."

우리가 쉬는 잔디밭으로 교장 선생님이 찾아온다. 교장 선생님의 주름 많은 얼굴에서 땀이 줄줄 흐른다.

"홍보부가 휴가 기간이라 홍보를 못했답네다. 기래두 사물놀이가 꼭 듣구 싶어서 오시라구 했답네다. 와줘서 정말 고맙다고 합네다."

우리를 초청한 러시아 남자는 음악가 동맹위원장 메데오다. 그는 사물놀이 변주곡을 만든 세계적인 작곡가다. 국제 윤이상 음악제의 부위원장으로서 한국에도 자주 다녀갔다……. 교장 선생님의 변명 같은 설명을 들으면서 나는 속으로 반문한다.

―그래서요?

"메데오 위원장님은 대단한 사물놀이 팬입네다."

―그래서요? 사물놀이 팬이면 더욱 사물놀이 패를 대접해야 하는 거 아닌가요? 음악 영재들을 이렇게 실망시켜도 되는 건가요?

그러나 마음속으로 아무리 말해야 소용없다. NO도 연습해야 사용할 수 있는 언어다. 미안해서 쩔쩔매는 교장 선생님께, 엄마보다 나이 많은 어른께 따질 수는 없다. 더군다나 나는 무대에서 연주한 주유나이 패도 아니고, 빌붙은 깍두기다.

다른 한 사람인 젊은 남자는 아르보트 거리의 카페에서 만난 적이 있다, 로스케들과 싸움이 벌어졌을 때 우리가 사물놀이를 쳐서 구해준 청색 슈트의 남자다. 이름은 정승오, 거왕그룹 이세란다. 아무튼 재수 없는 에프 킬러 모기약이라고 영배는 이를 간다. 그가 어떻게 오늘 이곳에 왔는지는 알 수 없다. 하지만 어쨌든 왔으니까 우리를 찾아와서 아르보트 사건에 대한 인사를 해야 맞다. 그러나 정승오는 우리 앞에서 메데오와 함께 리무진을 타고 가버렸다. 입가에 보일락 말락 미소를 띤 채로 사라졌다. 미소는 단 한 가지로만 해석이 가능했다.

— 너희들은 딴따라야. 돈만 받으면 누구 앞에서나 어릿광대짓을 하지.

그걸 깨달았을 때에는 까만 리무진이 먼지도 안 남기고 사라진 뒤였다.

상심한 아이들 옆에는 내가 있을 자리가 없다. 잔디밭 옆의 호수가 나를 부르는 듯하다. 나는 신발을 벗고 옷 입은 채 첨벙첨벙 물로 들어간다. 헤엄으로 가능한 한 아이들에게서 멀리 떠난다. 배영하면서 보니까 아이들의 모습이 가물가물하다.

— 너무 멀리 왔어.

그러나 나는 몸을 돌리기 싫어서 계속 앞으로 헤엄쳐 나간다. 물은 소름끼치게 차고 맑다. 천산에서 흘러내린 얼음물이 만든 이식쿨 호수다. 물속에는 물고기가 보이지 않고 수생식물이 많다. 나무뿌리와 수초들이 얼굴을 스친다. 발목을 휘감고 놓아주지 않는 나무뿌리도 있다. 내게 다가와 살갗을 솜털처럼 간질인다.

엄마는 내가 돌 되기 전부터 자궁 속과 같은 온도의 물에서 놀게 했다고 했다. 유아반, 유치반까지 수영하다가 초등학교 때부터 나는 물에 들어가지 못했다. 여름방학마다 여러 가지 캠프를 다녔지만 수영 캠프는 없었다.

─ 이 호수의 끝은 어디일까. 바다일까. 러시아 어딘가에 있다는 죽음의 바다. 염도가 높아서 생물이 살지 않고, 몸이 저절로 떠다닌다는 사해일까.

모든 것은 끝이 있을 것이다. 모든 관계는 시작 속에 이미 끝이 있다고 준성 오빠는 말했다. 첫줄을 쓸 때 끝줄이 마련되어 있는 시처럼, 시작하는 때에 이미 끝나는 때가 마련되어 있다는 것이다.

─ 오빠와 나의 끝은 어디일까. 이미 끝난 것일까.

오빠는 좋은 시를 쓰기 위해 고통을 찾아다니는 시인이었다. 예술가는 자신의 몸과 영혼, 필요하다면 주위 사람까지 불쏘시개 삼아 창작한다고 했다. 그렇게 태어난 작품이 피카소의 명화고, 베토벤의 명곡이라고 했다.

─ 나도 오빠의 불쏘시개였을까. ……설마.

물속은 아늑하다. 햇빛이 닿지 않는 곳으로 몸이 가라앉을수록 아늑하다. 물풀이 순모 스웨터처럼 내 몸을 감싸 안는다. 무조건적인 사랑을 받는 느낌이다. 울컥, 얼굴이 뜨거워진다.

─ 태어나서 단 한 번이라도 무조건적인 사랑을 받은 적이 있었던가.

엄마에게 받은 건 잔소리뿐이고 준성 오빠에게 받은 건 핏덩이뿐이다. 나의 아기에게만은 무조건적인 사랑을 주려고 했다. 만나기 전에 헤어진 아기.

─ 아가야, 미안해.

어디선가 징소리가 들려온다. 물에 빠진 혼백을 건진다는 징소리다. 정말 징소리는 깊은 물속에서 더 잘 들리는 것 같다.

— 쿵쿵쿵쿵.

징소리가 아니다. 심장 소리, 아기의 심장 소리다.

“수린아!”

“정신 차려, 제발!”

누군가 부르는 소리에 나는 귓바퀴를 연다. 물속이 아니다. 등에 닿는 촉감이 잔디밭 같다. 누군가의 입이 내 입에 숨을 불어넣는다. 뭔가가 목구멍으로 흘러든다. 영배의 침이다.

— 앗, 드러!

뿌리치고 싶다. 그러나 내 입은 영배의 입에 막혀 소리 낼 수 없다. 영배의 구불구불한 머리카락이 내 얼굴을 온통 덮고 있어서 눈을 뜰 수 없다. 할 수 없이 힘을 탁 놓는다. 순간 영배가 준성 오빠 같다. 재일교포 여대생은 영배를 스토킹 했다고 한다. 영배를 유혹한 다음 일본에 가서 아이를 낳았다고 한다. 그런데 영배는 동영상으로만 본 아이가 자꾸 생각난다고 한다. 여대생과 아이가 오면 은우가 불쌍해진다. 싫다는 남자를 쫓아다녀서 애까지 낳은 여대생도 불쌍하다. 영배의 침이 더 많이 흘러들어온다. 영배의 침을 먹어야 하는 나도 불쌍하다.

“여우는 왜 이렇게 안 오는 거야. 앰뷸런스는 왜 안 와!”

두 발을 손으로 감싸고 열심히 입김을 부는 사람은 오빠다. 입김의 따듯함은 발가락에서 내 심장으로 올라온다. 무대에서 퇴장할 때 두 볼에 흐르던 눈물이 떠오른다.

"인공호흡 어렵네. 아무리 해도 눈을 안 뜨는데, 괜찮을까, 형?"

"거품이 나잖아. 숨 쉰다는 거지."

"야, 이 빙신, 칠뜨기, X년아!"

갑자기 귀가 깨질 것처럼 아프다. 난희가 나를 세게 흔든다.

"죽기는 왜 죽어. 뭐가 부족해서 죽어, 엉. 우리 언니도 사는데, 왜, 도대체 왜……. 이 거지 같은 년아, 왜!"

"나니야, 욕하지 마. 들으면 어떡해."

"아냐, 오빠. 이런 년은 욕해야 돼. 욕먹어도 싸. 쌩쑈라구. 우리 언니도 몇 번이나 그랬어. 약 먹고, 면도날 긋고, 나중에는 돌을 안고 쩔뚝쩔뚝 물속으로 들어가더라."

뜨거운 물방울들이 내 얼굴로 떨어진다. 깡마른 손가락이 내 귓가로 흐르는 물을 닦아준다.

"이 빙신아, 눈 좀 떠봐, 수린아, 제발."

─또 널 괴롭혔구나. 미안해, 나니야. 나도 모르게 그만…… 물속에서 누군가가 나를 잡아끌었어. 아주 작은 손이었어. 손가락도 만들어지지 않은 손, 아직 손가락도 없는 손이……. 가엾은 아가야……. 나도 네 곁에 가고 싶어.

내 심장으로 들어와

"가진 건 돈뿐이신 아버지시여. 숨기고 계신 땅을 계속 불리사 투기에 임하시옵고 친구가 외제차를 수입함과 같이 제게서도 이루어지이다. 오늘날 쓰다 지칠 돈을 주시옵고 제가 무슨 짓을 해도 신경 쓰지 마시옵고 다만 법에서만 구하시옵소서. 땅과 빽과 쾌락이 아버지와 제게 영원히 있사옵나이다. 아멘."*

"넌 어떻게 시를 골라도 꼭 그런 것만 고르니?"

"뭐 어때서? 재밌잖아."

"수린이가 흉보잖아. 좀 고상한 작품 좀 골라서 낭송해봐, 돌배야."

"즐! 고상한 건 토 나와. 여우 자니?"

---

* 원태연의 「부기도문」 중에서.

"자나 봐."

"큭."

"뭐야, 정말 여우야."

"잠이 안 와. 시끄럽고, 냄새나고, 벌레 같은 게 기어 다니고, 지옥이 따로 없다야. 세계 최초로 우주선 쏘아올린 나라가 뭐 이래. 정말 기분 꿀꿀해."

교민학교 강습이 끝나고 수료식만 남긴 채로 우리는 상트페테르부르크 여행길에 올랐다. 기차 칸의 침대는 아래위로 네 개다. 다른 칸으로 가기 싫다는 갈두 오빠와 영배 때문에 다섯 명이 한 방에 모였다. 내 방보다 작은 기차 칸에 다섯 사람이 누운 것이다. 나는 한 번도 다른 사람과 한방에서 잠을 자본 적이 없다. 경아와도 다른 방을 썼고, 준성 오빠의 자취방에서도 잠을 자지는 않았다. 그런데 러시아에서는 여자 셋이 한방에서 코를 골며, 잠꼬대를 하며, 침대에서 굴러떨어지며 지냈다. 지금은 여럿이 함께 같은 곳으로 가고 있다.

— 여럿이 함께.

나에게는 꿈같은 현실이다. 창가에는 컵 모양의 스탠드와 책을 올려놓을 수 있는 작은 테이블이 있다. 스탠드 속의 엄지손가락만 한 전구로는 어두워서 실내가 얼마나 더러운지 알 수 없다. 핸드폰을 충전할 코드도 보이지 않으니 밧데리를 아껴야 한다. 퀴퀴한 냄새가 쓰레기통 속 같다.

"가려워 죽겠어. 넌 괜찮니, 수린아?"

"도저히 못 참겠어. 나니야, 우리 담요와 침대보라도 새 걸로 갈자."

"응? 어떻게?"

"승무원실에서 빌려준대. 오기 전에 러시아 여행자의 블로그를 훑었지. 오빠, 승무원실에 가서 담요와 침대보 좀 빌려올래요? 담요는 십 루블, 침대보는 십오 루블이래요."

"와, 비싸다."

"내가 쏠게. 오빠."

나는 지갑에서 오인용 담요와 침대보를 빌릴 만큼의 루블을 꺼내어 오빠에게 건넨다. 그러나 오빠는 받지 않고 아이들을 둘러본다.

"나는 빼, 오빠."

"나도 노 땡큐."

"나도 참을래. 한잠 자고 일어나면 도착인데, 뭐."

"그럼 수린이 것만 빌려올게."

"아니, 왜."

기가 막혀서 나는 말을 맺지 못한다. 내 돈으로 깨끗한 담요와 침대보를 빌려다가 준다는데 모두들 싫다는 것이다. 따 중에도 왕따가 맞다. 얼마나 더 노력해야 주유나이 패의 따까리라도 될 수 있을까. 나는 돈을 다시 지갑에 넣는다.

"안 되겠다. 이런 곳에서 자다가 전갈 같은 벌레에 물리면 큰일 나니까 공금 쓰자."

오빠가 지갑과 랜턴을 들고 나가더니 새 담요와 침대보를 한 아름 안고 온다. 향긋한 담요와 침대보를 까니까 분위기가 한결 나아진다.

"버스에서 하던 진실 게임, 계속하자."

내가 모르는 척하니까 난희가 엉덩이로 나를 친다.

난희와 껴안고 잠든 하룻밤은 나에게뿐 아니라 난희에게도 약이 된 것 같다. 나는 준성 오빠와 엄마와 나와의 관계를 좀 더 차분히 생각해볼 수 있게 되었다. 난희도 엄마와 언니와 거리를 두고 현실만 생각하기로 다짐한 것 같았다. 예전처럼 수다스러워진 것이 너무나 고마워서 나는 난희에게 하얀 원피스를 주었다. 뭐라도 주면서 새 친구를 얻은 것 같은 내 마음을 표현하고 싶어서다. 거절당할까 봐 걱정했는데, 다행히 난희는 내 선물을 몹시 좋아했다. 두 손으로 하얀 원피스의 앞자락을 벌리고서 방 안을 뱅글뱅글 춤추듯 돌아다녔다. 살아 움직이는 바비 인형이었다. 침대 모서리에 걸려서 넘어지지 않았다면 난희는 밤새 그렇게 춤을 추었을 것이다.

"먼저 해."

“……”

“씹어?”

“하기 싫어.”

“왜?”

“그냥.”

“싫어도 내가 시키는 대로 해야지, 수린아. 내가 네 생명의 은인이라는 걸 잊었어?”

창밖은 밤이라도 아주 캄캄하지는 않다. 러시아의 백야는 한국의 초저녁 색깔이다.

“누가 날 구하랬어?”

“으잉? 이게 무슨 샐비어 따먹고 헤벌쭉 웃었네야? 너 그럼 진짜 죽으려고 물에 들어간 거야?”

“그건 아니야. 난 절대 못 죽어. 무서워서.”

“그럼 뭐야. 쌩쑈야? 쌩쑈도 상황 봐가면서 해야지. 니가 애야? 철부지 애라도 그런 짓은 안 하겠다. 우리 모두 연주 깽판 치고 까부라져 있는데 혼자 엉금엉금 물에 기어들어가다니, 얼마나 놀랐는지 알아?”

새삼 화가 나는지 난희는 기차 칸이 울릴 정도로 소리를 지른다.

“미안, 미안해, 정말. 그냥 나도 모르게…… 미안해, 나니야. 너희들한테도 미안해, 놀라게 해서. 오빠…… 오빠한테도…….”

“괜찮아, 수린아. 다 지난 일이야. 근데 너 참 특이체질이다. 소나기 공포증 있다면서 수영이라니."

"소나기 공포증? 무슨 소리야? 고소 공포증, 엘리베이터 공포증 같은 거야?"

"미, 미안해. 모두들 힘들어하는데 도움도 못 되고, 흑."

"아, 징징거리지 좀 마, 왕짜증 나. 정말 널 모르겠어. 어떤 땐 언니 같고, 어떤 땐 동생 같아. 확 패주고 싶다니까."

잔디밭에서 모두 자고 있는데 갑자기 난희가 벌떡 일어나서 나를 찾았다는 것, 수영도 못하는 난희가 물속에 들어가서 징을 쳤다는 것, 허우적거리는 나와 난희를 남자들이 끌어냈다는 것을 나중에 들었다. 완전히 깨어났을 때 내 몸은 앰뷸런스 안에서 흔들리고 있었다.

"정말 나니는 귀신이야. 우리는 네가 호수에 들어간 것도 몰랐어. 우리랑 같이 잔디밭에 누워 있는 줄 알았지."

"놀라게 해서 미안해. 특히 나니야, 정말 미안해."

나는 어둠 속을 더듬어서 난희의 손을 찾는다. 너무 말라서 나뭇가락 같다. 그래도 내 손을 잡는 느낌은 포근하다.

"미안한 줄 알면 진실 게임 먼저 시작해. 도둑질한 적 있다, 없다."

"얼마 이상, 얼마 이하야?"

"글쎄, 아무튼 도둑질이라고 생각할 만한 거, 다."

"사촌형 전자사전 팔아먹었지. 초딩 때."

영배는 험상궂은 첫인상보다 솔직하고 시원시원한 아이다. 거

친 일, 힘든 일에는 늘 앞장서는 팀의 해결사다. 잔머리 굴리고, 겸손한 척하는 건 주영배 사전에 없다고 말한 적이 있다. 그러나 호수에서의 일이 떠올라서 나는 영배를 똑바로 처다볼 수 없다. 생각만 해도 영배의 침이 목구멍으로 흘러들 때의 느낌과 내 얼굴을 덮은 폭탄머리의 냄새가 살아났다. 리틀 파파라는 것도 께름하다.

— 이러면 안 되지. 영배가 날 살렸는데.

생각은 생각이고 몸에 남은 기억은 기억인가 보다.

— 얼레리 꼴레리. 누구랑 누구랑 키스했대요.

아이들이 나를 놀리는 것만 같다. 모두들 알면서도 모르는 척 해주니까 나도 기억 못하는 척, 견디는 것뿐이다.

"싸나이가 훔치려면 남의 나라를 훔치든지, 통 크게 놀아야지, 쪼잔하게 전자사전이라니."

"여우야, 너나 몽땅 불어. 도둑질은 여우 전문이잖아."

"수린이가 먼저 해."

"도둑질? 난 그런 거 몰라. 앞으로 할 도둑질까지 미리 불어?"

"앞으로 할 도둑질? 클클."

"클클."

난희를 흉내 낸 내 웃음소리에 여기저기서 클클클클 똑같은 음정과 박자의 웃음이 일어난다. 아무도 안 웃었으면 썰렁했을 텐데 모두 웃어주니까 기분이 나아진다.

— 나도 친구들을 웃길 수 있다.

엄마는 실없이 농담하는 것은 사람을 놀리는 짓이라고 좋지 않게 여겼다. 그러나 나는 기분이 좋다. 놀리고 놀림 받으면서 친해지는 관계도 있을 것이다. 치부를 보여주면서 가까워질 수도 있을 것이다. 기회가 된다면 나도 난희에게 내 배를 보여주고 싶다.

— 배를 보여주다니, 내가 지금 무슨 생각을 하는 거야?

연고를 열심히 바르는데도 수술 자국은 쉬이 없어지지 않는다. 갈색으로 변했다가 흰색으로 변했다가 살색으로 돌아온다는데, 아직도 검붉은 색이다. 배를 보고 난희는 비웃을 것이다. 떠버리 난희는 다른 사람들에게 말할 것이 분명하다. 그러면 다른 사람들도 내 비밀을 알고 비웃을 것이다. 아직은 아니다.

— 똑똑.

노크 소리에 게임은 멈춘다. 가이드 홍기범의 기침 소리에 이어 문이 열린다. 밖에서 들어온 불빛이 재빨리 실내를 훑는다. 우리는 모두 일어나 앉는다.

"손님 모시고 왔어요, 형."

"손님?"

영배의 랜턴이 문으로 가서 손님들을 비춘다. 서너 명의 남자들을 지나 불빛은 그중 한 남자에게 다가간다. 하체에 꽉 낀 청바지, 까만 줄무늬 남방, 날카로운 턱선, 꽉 다문 입매를 지나서 샤기 커트 머리카락에 이르자 낯익은 얼굴이 드러난다. 아르보트에서 영배가 업고 뛴 청색 슈트, 다차에서 사물놀이를 구경한 남자다.

"뭐요, 당신들!"

갈두 오빠의 위협적인 목소리에 놀란 사람은 홍기범이다.

"형, 알잖아요. 거왕 그룹 정승오 이사님."

"이사?"

"이사님의 가이드가 우리 학교 선배잖아요. 지난번 아르보트에서 만났던…… 이사님도 상트페테르부르크 여행 가신대요. 랜턴 좀 치워, 영배야. 눈부시잖아. 그건 손님에 대한 예의가 아니지."

"예의? 우리를 다차에서 골탕 먹여놓고 무슨 예의야."

가쁘게 숨을 몰아쉬는 영배를 은우가 뒤에서 잡아당긴다.

"정승오입니다. 이사는 아니고, 난 그냥 학생이에요. 정확히는 모스크바 미대 이학년. 아마 나갈두 씨하고 동갑 같은데, 나갈두 씨, 지난번 아르보트에서 나를 구해주었다는 얘기, 들었어요. 그리고 다차에서는 실례가 많았어요. 정중하게 사과드리죠."

상대방을 어려워하는 기색이 없는 성인 남자의 당당한 음성이다. 훈남인데? 어둠 속에서 난희의 눈이 나를 찾아와 윙크한다.

"뭘 사과하는 겁니까?"

갈두 오빠의 목소리는 무뚝뚝하다.

"손님 없이 공연하게 한 거 말입니다. 처음 메테오 위원장이 사물놀이를 듣고 싶다고 했을 때 관객을 묻지 않은 건 내 실수예요. 사정을 듣고 보니 그분도 고의는 아니었어요. 휴가철이라 홍보를 못했는데, 혼자라도 사물놀이를 듣고 싶어서 취소하지 않은 거랍니다. 하지만 여러분도 너무했다고 생각하지 않아요? 손님이 적다고 그렇게 아무렇게나 연주해도 되는 겁니까?"

"무슨 말씀?"

"아, 물론 난 사물놀이 잘 몰라요. 하지만 무대에 오른 연주자의 매너가 어때야 한다는 것 정도는 알지요. 여러분은, 아무리 공부하는 학생들이라지만 무대 매너가 실망입니다."

"이게 무슨 사곱니까?"

"솔직하게 말한 것뿐입니다. 관객이 많든 적든 예술가는 무대에서 최고의 연주를 들려주어야지요. 단 한 명의 관객을 위해서도 혼신을 다 바쳐 연주해야지요. 내 말이 틀렸습니까, 나갈두 씨?"

"야, 쌔까!"

영배가 튀듯이 나서서 정승오에게 삿대질을 한다. 모두들 얼어붙는다.

"꽁짜로 우리를 부려먹고 무슨 엿 같은 소리야! 우리를 그 먼 데까지 불러서 허탕치게 해놓고, 뭐? 죄고의 연수! 혼신을 나 마쳐 연주해? 네가 뭔데? 야, 우리가 그렇게 만만하냐? 우리도 십 년 뒤에는 국립극장에 서고, 카네기홀에 서! 너, 우리들 기죽이려고 그러지? 너, 오늘 죽었다!"

"아아, 흥분은 몸에 해롭고, 또 진실은 입에 쓴 법이지요."

농담인지 진담인지 헷갈리는 말투다. 약이 올라서 영배의 얼굴이 우그러진다. 우리를 다차로 초대한 일에는 정승오도 얽혀 있나 보다. 갈두 오빠가 영배의 손을 끌어내린다.

"전공이 미술이라고 하셨죠? 음악은 미술과 다릅니다, 정승오 씨."

"다르지 않습니다, 나갈두 씨. 아무도 사지 않는 그림이 휴지이듯이, 아무도 듣지 않는 음악은 소음이지요."

십 몇 년 동안 연마한 금쇠를 소음이라고? 갈두 오빠의 숨소리가 불안하다. 좁은 공간에서 남자 몇 명이 씩씩거리니까 동물원 같다.

"그런데 여기는 왜 왔습니까? 단순히 사과하러 온 건 아니죠?"

역시 갈두 오빠는 대학생답다. 언성을 낮추고 화제를 돌린다.

"아, 솔직해도 되지요? 흠, 여기 통로를 지나다가 그냥, 솔직히 고백하자면 웃음소리 때문입니다. 웃음소리가 너무나 즐겁게 들려서요. 나도 좀 껴주면 안 될까? 실례가 아니라면."

"네?"

은우가 나선다.

"우리 대학생 아니거든요? 리더만 빼고요."

"알고 있어. 고등학생 네 명, 대학생 한 명, 지금 관광차 상트페테르부르크로 가고 있고, 팔월 십일일 귀국하고, 맞지요? 홍 군에게 들었지."

"제가 언제!"

홍기범이가 펄쩍 뛴다.

"진실 게임인데, 할 거요?"

영배가 랜턴을 아래로 내리고서 통로를 터준다. 골탕 좀 먹이자, 이런 분위기다. 정승오는 들어와서 영배의 불빛이 가리키는 곳에 앉는다. 정승오의 일행은 문간에 서 있다.

"게임 룰은 아시죠? 솔직해야 합니다. 우리는 아무도 거짓말 안 합니다. 아직까지는."

"오케이! 따르지."

"애인이 있다, 없다. 있다면 밝혀야 됩니다."

"말 놓지. 아래위 십 년 차도 아니고 또 어두우니까 야자 타임 하기도 좋고 또."

"어두우니까 키스 타임 하기도 좋지요."

홍기범의 말에 분위기가 식는다. 홍기범은 연극하는 몸짓으로 난희에게 손을 내민다.

"난희도 가까이 앉아. 키스 타임 할 건데 혼자만 떨어져 있으면 손해잖아."

난희의 대답이 없자 분위기는 더 얼어버린다. 정승오의 가이드라는 선배가 홍기범을 문밖으로 잡아당긴다.

"낄 데 껴. 여긴 아니야."

"나 여기서 놀래, 선배."

홍기범의 말소리는 이내 사라진다. 문 열고 홍기범을 부를까 하다가 나는 참는다.

— 내가 불러서 뭘 어떡해. 나도 깍두긴데.

나서고 싶지도 않고, 나설 자리도 아니다. 특별한 일 없이 홍기범을 부르다가는 나도 따돌림 당할 수 있다.

"없다."

난희다.

"애인이 너무 많으니까 없다는 건가?"

정승오가 장난스럽게 묻는다. 난희는 긴 눈을 치뜨고 좀 슬픈 표정으로 정승오를 바라본다.

"전 거짓말 못 해요. 어떤 도덕 샘이 그러는데, 거짓말은 영혼을 더럽힌대요."

난희가 나에게 반눈 윙크를 보낸다. 어느새 엄마의 잔소리가 난희에게까지 전염된 모양이다. 나도 얼른 반눈 윙크를 보낸다. 그러나 난희는 내 윙크를 미처 보지 못하고 다시 남자에게로 돌아간다.

"금배."

"야, 여우야, 너 누구 앞길 막으려고."

영배가 꼬집자 은우는 클클 웃는다. 지난번 음악실에서 미안했는지, 그 뒤로 은우는 난희에게 상냥하게 대한다. 덕분에 편해진 사람은 나다. 난희와 둘이 다닐 때보다 은우까지 셋이 다니니까 훨씬 든든하다.

"극장에서 네가 내 볼에 키스한 거, 또 잊었어? 요새는 백 일짜리 커플링 한 애도 희귀종이래. 우리 커플링 다시 하자, 금배야.”

“아, 볼에 키스하면 애인인가? 하하하하, 그건 너무한데? 그럼 난 어떡하나, 하하하하.”

어둠 속에서 정승오의 치아가 랜턴 불빛을 하얗게 되쏜다. 웃음소리가 게임기에서 나오는 것 같다. 만들어서 웃는 웃음, 쑥스러움을 숨기는 웃음은 아빠의 것이다.

— 완존 꽃남이네. 귀티 좔좔!

난희의 호기심 가득한 레이저 광선이 정승오에게 멈추어 있다.

“없다.”

모두들 정승오를 본다. 애인이 없다는 말을 믿으라고? 그러나 믿지 않는 것도 거짓말과 똑같은 잘못이다. 믿고 넘어가야 한다.

“수린아, 네 차례야.”

“없다.”

“응?”

“너, 잠꼬대하던데. 오빠, 오빠…….”

“없다니까. 더 얘기해야 돼?”

나도 모르는 사이에 목소리가 막힌다.

“뭘 오버하고 그래, 수린아. 재미로 하는 게임인 거, 알면서.”

찰찰찰. 난희의 속삭이는 듯한 말소리가 내 귓바퀴를 울리고 지나간다. 랄랄랄. 나도 내 목소리로 난희의 귓바퀴를 울리고 싶지만 마음뿐이다.

“있었지만 지금은 없어, 나니야.”

있다고 말했으면 숨이 안 막힐까. 없다고 말했는데도 준성 오빠는 내 눈앞으로 다가온다.

아빠가 해외 출장에서 돌아온 날은 가랑비가 내렸다. 나는 감기 기운이 있다면서 야간자율학습에 빠지고 집으로 들어왔다. 오랜만에 가족이 모인 날은 당연히 외식이었다. 패밀리 레스토랑을 갈까, 뷔페를 갈까, 엄마와 이야기하다가 나는 옷 먼저 갈아입으러 이층으로 올라갔다. 내가 이층으로 올라가자마자 부모님의 말다툼 소리가 들려왔다. 아마도 내가 집에 오기 전부터 다투고 있었던 듯했다.

“전학하면 내신이 좋아지니까 아무 대학이나 수시합격은 할 거예요.”

“글쎄 전학은 안 돼. 외고 못 보내서 병 난 사람이 얼마나 많은데, 겨우 입학한 학교를 옮겨.”

“아무리 노력해도 안 되니까 애가 공부에 흥미를 잃었잖아요. 잘못하면 유급하겠어요.”

“치고 올라갈 방법을 찾아봐. 그렇게 약해 빠져서 앞으로 어떻게 사회생활을 하겠어. 여자들은 투지가 없어. 쉽게 포기한단 말이야.”

“포기하고 싶어서 하는 거 아니잖아요. 이러다 애 잡겠어요. 우리가 지금 아이에게 무슨 짓을 하고 있는지 모르세요? 친구를 밟고 올라가는 방법을 가르치고 있다구요."

"사회가 그런 걸 어떡해. 아무튼 전학은 안 돼. 차라리 유학 가라고 해."

내가 집에 있을 때만큼은 절대로 언성을 높이지 않는 분들이기 때문에 나는 무척 놀랐다. 쾅! 현관문 소리에 이어 엄마가 내 방으로 뛰어 올라왔다.

"수린아, 아빠 좀."

"네?"

"얼른!"

급히 뛰어나갔지만 아빠의 차는 이미 천호대교 방향으로 가고 있었다. 다시 집에 들어가기 싫었다. 나 때문에 부모가 싸우는 거니까 나만 사라지면 조용해질 것 같았다. 나는 몽촌토성 쪽으로 발을 옮겼다. 좀 멀긴 했지만 딱히 갈 만한 곳이 생각나지 않았다. 저녁 시간에 우산도, 지갑도, 다이몬도 없이 돌아다니기는 처음이었다. 나는 주머니 속의 핸드폰 전원을 껐다. 누구의 전화도 받고 싶지 않았다. 무작정 걷다가 백제 무덤 앞에서 발을 멈추었다. 무덤 속에는 손을 잡고 누운 해골 두 구가 있었다.

— 우리 둘이 누워 있는 것 같지?

정말 혼란스러웠다. 누군가가 절실하게 필요할 때에는 아무도 곁에 없었다.

— 오빠의 고향에 왔어요.

핸드폰을 켜서 나는 준성 오빠에게 문자를 쳤다. 얼마 기다리지 않아서 오빠가 왔다.

"올 줄 알았어. 내 심장이 간절히 다이몬을 불렀거든."

나는 오빠의 우산 밑으로 들어갔다. 아빠의 것과 똑같은, 둘이 써도 넉넉한 골프용 우산이었다. 토성을 나와서 버스를 탔다. 천호시장 앞에 내렸을 때는 비가 그쳐 있었다.

— 비도 안 오는데 집에 가야지, 엄마가 기다릴 거야.

생각과 몸은 달랐다. 나는 에스컬레이터를 탄 듯이 오빠를 따라갔다. 남자는 어떻게 사는지 궁금하기도 했다. 중학교 때 갈두 오빠 집에 가본 뒤로 남의 집은 처음이었다. 버스에서 내려 시장을 지나 가파른 언덕을 올라가서 다다른 곳은 작은 삼층집이었다.

"연립주택인가요?"

"다세대주택이라고들 하지."

작은 창문이 달린 반지하 다음 여섯 계단을 올라가니까 이층, 계단을 열 개쯤 올라가서 다시 계단을 꺾어 여섯 계단을 올라가니까 삼층이었다. 핸드폰이 울렸다. 엄마로 설정한 음악이었다. 나는 주머니에 손을 넣어 전화를 종료했다.

"괜찮아?"

내 손을 잡고 삼층 계단까지 올라간 다음 오빠가 쑥스러운 미소를 보냈다. 무엇이 괜찮은 건지 의미를 새기기 전에 나는 머리를 끄덕였다. 높고 좁은 계단을 오르느라고 숨이 찬 것 빼고는 괜찮았다. 오빠가 삼층 현관문을 열었다. 어둠침침한 현관문 안에는 통로를 사이에 두고 양쪽으로 문이 열 개쯤 있었다. 첫 번째 방문을 열고 들어가서 오빠가 불을 켰다.

"지저분해. 너 올 줄 알았으면 치우는 건데."

멋쩍게 웃으며 오빠가 의자를 내밀었다. 방 안에는 침대, 책상, 컴퓨터와 비닐 옷장 따위가 다닥다닥 붙어 있었다. 침대에는 만화책과 휴지가 어질러져 있고, 좋지 않은 냄새도 났다.

"배고프니?"

대답처럼 배에서 꼬르륵 소리가 났다. 기대했던 아빠와의 근사한 디너파티는 무참히 깨졌다. 네 시 종례, 여섯 시 저녁 식사, 열 시까지 야간자율학습. 열 시 반에서 새벽 한 시 반까지 언수외 학원. 자율학습시간 중간에 학부모들이 돌아가면서 챙겨주는 간식이 있고, 열한 시 반에 학원 앞에서 먹는 야식이 있었다. 오늘은 저녁도 간식도 걸렀고, 야식은 좀 일렀다.

"조금만 기다려. 맛난 거 줄게, 다이몬. 너, 닭발볶음 먹어봤어? 레인지에 데우기만 하면 돼. 우리 엄마가 양념한 거니까 진짜야."

나는 오빠와 같이 일회용 장갑을 끼고서 닭발을 먹었다. 처음 먹어보는 음식이었다. 쫄깃하고 매콤하고 달콤했다.

"보기보다 괜찮지? 닭은 가슴살보다 닭발이 진짜야. 뼈까지 꼭꼭 씹어 먹어봐, 다이몬. 고소해."

처음에는 양념만 발라먹고 버렸는데 차츰 뼈까지 씹어 먹었다. 너무 매워서 물을 몇 컵이나 마셨다. 오도독 오도독 실컷 먹은 다음 오빠가 컴퓨터를 켰다. 바탕화면에는 오빠 또래의 남자들과 여자들 여섯 명이 케이크를 가운데 놓고 앉아 있었다. 배경인 침대와 창문을 보니 이 방이었다.

"친구들이야. 내 생일날 왔더라. 저 여자애들 너보다 어려. 나이는 많지만 정신 연령이 제로야."

"설마요. 전 고등학생인데, 대학생들과 비교도 안 되지요."

"시를 보면 알아. 쟤들은 맨날 기성 시인들 흉내만 내. 모방의 천재들이지. 넌 달라. 네 시에는 너만의 색깔이 있어."

즐겨찾기에 있는 시 카페와 블로그들 중에는 나에게 익숙한 것이 많았다. 오빠의 블로그에는 내 사진뿐 아니라 잔디밭을 구르는 다이몬과 우리 집과 우리 가족의 사진들도 있었다. 모두 내가 보내준 것이었다.

"난 잠자기 전에 네 사진에 키스해. 정말 예뻐."

오빠가 내 어깨에 손을 얹었다.

"주고 싶은 게 있어. 눈 감아봐."

나는 오빠가 시키는 대로 눈을 감았다. 오빠는 내 두 팔을 잡고 의자에서 일으켰다. 조심조심 걸어서 침대에 가만히 나를 앉혔다.

"눈떠, 다이몬."

"어머!"

떴다가 순간적으로 나는 다시 눈을 감았다. 눈을 감아도 오빠의 배꼽, 젖꼭지는 망막에 남았다. 정신이 아득했다.

"내 심장이야. 너에게 주는 선물이야."

아빠는 여름에도 긴 잠옷을 입었으므로 나는 한 번도 남자의 가슴을 본 적이 없었다.

"내 심장은 네 거야. 심장을 꺼내서 보여줄 수 없으니까 심장이 들어 있는 몸을 보여주는 거야. 사실 나도 되게 쑥스러워. 이런 일은 처음이거든. 하지만 너에게만은 아무것도 숨기고 싶지 않아. 내 시도, 내 마음도, 내 몸도 전부 네 거야."

내가 안 보려고 하니까 오빠는 내 손을 끌어다가 자신의 가슴에 얹었다.

— 집에 갈래요, 오빠. 엄마가 걱정하실 거예요.

나는 일어나려고 했다. 얼른 집으로 가야 한다고 생각했다. 다리가 후들거리고 등이 화끈거렸다.

— 이러면 안 돼. 얼른 이 방을 나가야 돼.

오빠는 내 두 손을 꼭 잡고 놓지 않았다. 내 힘으로는 뿌리칠 수 없었다. 내 손은 나도 모르게 바들바들 떨고 있었다.

"너도 다른 커플들처럼 커플링하고 싶다고 했지? 커플링은 언젠가는 잊어버릴 수 있지만 내 심장은 그렇지 않아. 내 심장이 이렇게 뛰는 건 너를 부르는 소리야. 아무 걱정하지 말고 나에게 와. 내 심장으로 들어와, 다이몬."

그럴 수는 없는 일이라는 걸 나는 알고 있었다. 플라토닉 러브를 벗어나서는 안 된다는 걸 모를 만큼 어리지 않았다. 그렇지만 오빠와 함께 있고 싶었다. 정말 다른 생각은 전혀 없었다. 남자의 몸이 궁금하지만 직접 만지는 상상은 상상만으로도 범죄처럼 여겼다. 그런 짓은 경아처럼 아이큐 모자라는 아이들이나 기분 내키는 대로 벌이는 일이었다. 나는 아니었다. 나는 그냥 오빠와 이야기하면서 같이 있고 싶었다. 집으로 가고 싶지 않을 뿐이었다. 집 생각만 해도 부모의 말다툼 소리가 들리는 듯 어지러웠다. 나만 없으면 싸울 일도 없을 것이란 생각만 했다.

징이 지잉지잉

　좁은 기차 칸에서 게임이 길어지니까 정승오는 우리를 식당 칸으로 초대한다. 식당으로 옮기자는 말에 난희는 마음이 한껏 들뜬 것 같다. 식당에 맛있는 음식과 술이 있다니까 갈두 오빠와 영배도 솔깃해한다. 나도 공중화장실 같은 침대칸에 남아 있기는 싫다.

　"눈빛 죽인다, 딱 내 필이야."

　남자들이 방을 나가자마자 난희가 소리친다. 밖에 들릴 만큼 큰 소리다.

　"헐!"

　은우가 입을 크게 벌린다.

　"어느 별에서 왔을까, 승 오빠는?"

"우웩, 비려!"

은우가 입을 막고 토하는 시늉을 한다. 들뜬 난희를 보니 꼭 작년의 나 자신을 보는 것 같다. 아빠가 집을 나가지 않았다면 엄마는 나를 내보내지 않았을 것이다. 내가 토성을 배회하지 않았다면, 오빠의 자취방으로 따라가지 않았다면, 소나기가 쏟아지지 않았다면, 쏟아졌더라도 나에게 우산이 있었다면 상황은 달라졌을 것이다. 무엇보다도 내가 여고생이 아니라 갈두 오빠 같은 대학생이었다면 그렇게 쉽게 퐁퐁 들떠서 터져버리지 않았을 것이다. 하지만 나는 이미 들떠버린 난희의 기분을 망치고 싶지 않다.

"우리, 파티에 초대받은 거, 맞지, 수린아?"

"……."

"파티복 입을 기회가 온 거 맞지, 여우야?"

"파티복이라니?"

난희의 몸짓에는 무대에서 징 칠 때와 같은 엑스터시가 뿜어져 나온다. 무대에 섰을 때가 가장 행복하다고 난희는 말한 적이 있다.

— 무대에 서면 모두가 나만 바라봐. 정말 공주가 된 것 같아. 스트레스가 다 날아가버려. 난 평생 무대에서 살 거야.

핸드폰 불빛은 푸르스름하다. 기차가 흔들릴 때마다 세 사람의 그림자가 유령처럼 흔들린다. 난희가 트렁크를 연다.

"옷은 때와 장소에 따라 센스 있게 입어야 한다고 엄마가 그랬어. 나 파티복 세 벌이나 있는데, 혼자만 입으면 뻘쭘하니까 같이 입어주라. 입어주는 거지? 감사!"

"파티복? 싫어."

"아이, 여우야. 그냥 좀 앞뒤가 파인 원피스야. 검정색 플레어 원피스 줄게. 치마 길이가 짧고 주름이 많아서 몸매를 커버하거든. 수린이는 흰색과 빨간색 중에서 골라. 그런데 빨간색은 앞이 파여서 좀 야스러워, 크크."

"네가 야스럽다고 할 정도면, 남자들은 뻑 가겠네?"

"그 정돈 아니야. 점잖지 않다 뿐이지 입을 만해."

"난 그냥 이대로 갈래, 나니야. 남자들은 아무렇게나 입었는데 우리만 입긴 좀 그렇잖아."

"입자, 수린아. 나도 엄마가 이런 옷 챙겨줄 때 되게 싫었거든? 그런데 지금 나 입고 싶어. 우리 파티에 초대받은 거잖아. 재벌그룹 이세가 우릴 초대했잖아."

"나니야, 너무 기대하지 마. 기차 식당 칸 그렇게 좋지 않아. 더구나 여긴 러시아니까 한국보다 별로일 거야."

"어쨌든 드레스는 좀 같이 입어주라, 응? 고마워. 역시 수린이는 착해."

"좋아, 나니야. 입을게. 빨간색 줘. 이왕이면 화끈하게 입어야지."

"와아, 정말?"

"옷은 자신감의 표현이라고 앙드레 김이 그랬어. 빨간 드레스라고 내가 못 입을 거 없지, 뭐."

세 여자는 속옷까지 벗고 새 옷으로 갈아입는다. 난희는 하늘로 둥실둥실 날아가는 풍선 같다. 나는 진짜 난희의 언니가 되어서 철없는 동생을 보는 기분이다. 나는 심술궂게 묻는다.

"나니야, 끈 떨어진 두 개의 떠돌이 풍선이 하늘에서 만날 확률이 얼마나 되는지 아니?"

"알 필요 없어."

난희는 짧게 대꾸하고 콧노래를 부른다. 내 앵두나무는 뽑혀서 까맣게 말라죽었다. 하지만 이난희는 박수린과 다르다. 난희의 앵두나무에는 가지가 휘어지도록 빨간 앵두가 매달릴 수도 있을 것이다. 믿고 싶다.

"정말 예쁘다, 나니야."

식당 칸의 손님은 우리와 홍기범의 선배들뿐이다. 사람들은 이야기에 바빠서 우리들이 온 것을 모른다. 정성껏 꾸미고 왔는데 아무도 보지 않으니까 난희는 크게 실망한 눈치다. 나는 난희가 나한테 쓴 방법대로 한껏 난희를 추어준다.

"환한 데서 보니까 정말 공주 같아. 하얀 롱드레스가 이렇게 우아한 줄 몰랐어. 머리에 왕관 쓰고 어깨에 띠만 두르면 미스 코리아야."

기차의 진동을 따라 흔들리는 전구 불빛에 난희는 정말 눈부시게 예쁘다.

"난 전생에 공주였대. 우리 엄마가 그랬어. 크크. 믿거나 말거나."

우리는 앉을 곳을 찾아서 두리번거린다.

"와우!"

우리를 발견한 정승오가 의자에서 일어나 손뼉을 친다. 딱, 딱. 천천히 치는 폼이 억지로 치는 것 같다. 남자의 하얀 얼굴을 받친 검정색 줄무늬 남방이 깔끔해 보인다.

"신데렐라가 호박마차를 타고 온 건가? 그렇다면 왕자님의 마중을 받아야지. 이리 와요, 난희 씨."

웃지도 않고 명료한 발음으로 말하면서 정승오가 난희에게 팔을 내민다. 난희는 남자의 팔에 손을 얹고서 테이블로 간다. 정승오가 내주는 의자에 사뿐히 앉는 이난희. 수다쟁이 내 친구는 사라지고 사랑스러운 막내 공주가 등장한 것 같다. 단짝을 정승오에게 빼앗기고 나는 혼자 서 있다. 정승오가 귓속말을 하자 난희는 손뼉을 치며 깔깔댄다. 나와 깔깔대야 할 내 단짝이 모르는 남자와 깔깔댄다.

"왕자 바겐세일 시대야. 너도나도 왕자니. 여우야, 우리도 왕사 공주 놀이 할까?"

"좋아요, 금배 왕자님."

영배와 은우가 앞의 두 사람을 흉내 내면서 창가 자리로 간다. 할 수 없이 나도 구석의 테이블을 찾아간다. 앞가슴에 큰 단추가 달리고 허리 뒤에 넓은 리본이 달린 빨간 드레스는 불편하다. 윗

몸을 조금만 숙여도 속살이 들여다보일 것 같다. 남의 옷을 입기는 처음이다.

— 꼬르륵꼬르륵.

냄새를 맡은 배가 고프다는 신호를 보내온다. 나비넥타이 차림의 웨이터들이 음식을 나르고 있다. 한 웨이터가 내 앞에 긴 유리잔과 캔 맥주를 놓는다.

— 맥주도 못 마신다니, 불쌍해.

난희의 목소리가 들리는 것 같아서 고개를 들었는데, 앞에 갈두 오빠가 앉아 있다.

"오빠."

"응."

오빠는 무표정하게 대답한다. 샤워를 못해서인지 꽁지머리가 부스스해 보인다. 청바지에 갈색 남방을 입고 금쇠를 만지작거리는 모습이 오늘 따라 낯설다. 초라하고 지쳐 보이는 것이 옷차림 때문만은 아닐 것이다. 오빠는 정승오보다 얼굴은 검지만 체격도 크고, 키도 크다. 그런데 한 사람은 햇살 아래 서 있고 한 사람은 그늘에 서 있는 것 같다. 빈부의 차이도, 외모 때문만도 아닌 그것이 무엇인지 전혀 감이 잡히지 않는다.

"먹어, 수린아. 꼬르륵 소리가 아까부터 시끄럽던데."

"들었어? 난 아무도 못 들은 줄 알고."

"꼬르륵 소리가 뭐 창피하다고 소리 날 때마다 얼굴이 빨개지니? 그러니까 애들이 홍당무라고 부르지."

"홍당무? 그게 내 별명이야?"

"몰랐어? 난 아는 줄 알고 그만."

"괜찮아, 오빠. 사실 알고 있었어."

"넌 정말 완벽주의자 고모를 닮았어. 애가 애 같지가 않단 말이야. 조심성이 많은 것도 어느 정도지. 배고프면 배고프다고 말하고, 아프면 아프다고 말해. 너무 참는 건 좋지 않아. 자, 어서 먹어, 홍당무."

"같이 먹어, 나두 오빠. 크크."

나두 어디 갔어? 나두 열 받아. 나두 빼. 오빠가 없을 때 아이들은 나갈두의 갈 자를 빼고 나두라고 불렀다. 나는 오랜만에 오빠와 둘이 앉아 있으니까 나무젓가락으로 두드리며 놀던 때로 돌아간 것 같다.

"나두 내 별명 알아, 홍당무."

테이블에는 야채볶음과 수프가 놓여 있다. 나는 음식을 먹기 시작한다. 말린 말고기와 양고기는 색깔이 검붉어서 보기도 싫다. 캐비아 수프는 그런대로 먹을 만하다. 오이와 토마토와 양파를 고춧가루에 버무린 김치 비슷한 음식이 제일 입에 맞다. 집에서는 김치를 먹지 않았는데 러시아에서는 김치 생각이 났다. 오빠는 포크도 안 든다.

"안 먹어?"

"너나 많이 먹고 기운 차려."

"왜 안 먹어?"

"먹기 싫어."

나는 포크를 놓고서 오빠를 본다. 정말 오빠는 물 한 모금도 안 마신 채로 나를 지켜보고 있다. 옛날에는 개구쟁이였는데 대학생이 되더니 오빠는 전화 받는 것도 외삼촌처럼 목소리를 깐다. 오빠는 난희, 은우, 영배와 사촌동생인 나를 똑같이 대한다. 물도 내가 떠먹고, 밥도 내가 갖다 먹게 한다. 식탁 정리, 악기 정리도 시키고 귀중품도 맡긴다. 주유나이 패가 무대에서 사물을 노는 동안 나는 악명 높은 러시아 깡패가 덮칠까 봐 조마조마했다. 네 사람의 지갑과 핸드폰을 잃어버리면 당장 한국으로 돌아갈 수밖에 없을 것이다. 한국에 가고 싶지 않다, 아직은.

"저 오빠 때문이야?"

나는 정승오를 곁눈으로 가리킨다.

"뭐…… 굳이 이유를 대자면 나 때문이지."

오빠의 얼굴은 무표정한 게 아니라 싸늘하다. 귀밑부터 점점 넓어져서 턱을 덮은 수염 때문인지 얼굴색이 더 어두워 보인다. 오빠는 어른스럽게 보이고 싶어서 수염 먼저 길렀다고 했다. 그러나 어른이 된다는 건 생각보다 훨씬 복잡하고 힘든 일인가 보다. 뒷자리에서는 난희와 정승오가 이야기하면서 먹고 있다. 깔깔깔 난희의 자지러진 웃음소리와 흐흐흐 정승오의 냉소적인 웃음소리가 들려온다.

— 모르는 남자랑 놀다니, 미쳤어. 언제 봤다고 친한 척이야?

난희와 눈이 마주치자 은우가 잽싸게 두 손을 머리 위로 올리고 손가락을 마구 돌린다.

— 샘나지, 여우야?

난희가 혓바닥을 쑤욱 내민다.

"왜 오빠 때문이야. 공동 책임이지."

"난 벌레야."

"그러지 마, 오빠."

"쇠만 잘 두드리면 세상이 내 건 줄 알았어. 좋아하는 걸 지키기가 이렇게 힘든 줄 몰랐어. 정말 난 벌레야."

"벌레라니, 오빠가 얼마나 근사한데. 주유나이 패는 음악성 높기로 유명하잖아. 난 오빠가 부러워. 나니, 여우, 영배도 너무 부러워. 오빠랑 같이 평생 좋아하는 거 하면서 살 수 있잖아. 존경해요, 오빠."

"존경? 흥, 나도 지금까지는 내가 그런 줄 알았지. 하지만 아니야. 지금까지 눈 없는 벌레처럼 아무것도 보지 못하고 기었어. 눈 뜨니까 여기야, 여기. 여기에 음식 얻어먹으러 내 발로 왔어. 식당 칸으로 가자고 했을 때 나는 지저분한 침대칸을 벗어날 궁리에 바빴어. 다차에 갈 때는 교장 샘께 공연에 필요한 기본적인 것도 안 물었어. 아르보트에서는 저놈이 구해 달라는 부탁도 안 했는데 내가 나섰어. 그러니까 이 모욕은 내가 자초한 거야. 저놈 말이 맞아. 관객이 세 사람인 걸 알고부터 나는 연주를 포기했어. 될 대로 되라는 식으로 마구 두들겼지. 난 정말 벌레야. 자본주의 똥을 예술로 포장하는 딴따라 벌레.”

“아니, 오빠, 어떻게 그런 말을!”

놀라서 저절로 큰 소리가 나온다. 모두들 우리 쪽 테이블을 보는 게 느껴진다. 나는 갈두 오빠의 옆자리로 가서 앉는다. 오빠의 오른쪽 옆구리에는 여전히 금쇠가 걸려 있다. 그러나 버릇처럼 금쇠를 두드리던 오른 손가락들은 지금 꽁지머리를 묶은 고무줄을 풀고 있다. 풍성한 머리가 오빠의 어깨를 덮는다.

—차르르르.

금쇠 소리를 떠올리자 새삼 오빠가 다르게 느껴진다. 오빠는 오직 순금으로 두드려 만든 금쇠의 연주자다.

—사람들은 금쇠가 얼만가에만 관심이 있지. 그렇지만 재들은 내 금쇠 소리에만 신경 써. 누구에게나 마음속에 금쇠가 있어. 자기를 두드리는 금쇠⋯⋯. 자꾸 두드려야지, 안 두드리면 때 묻어. 금쇠에 때 묻으면 끝이야. 싸구려 꽹과리보다 더 탁한 소리가 나서 귀 버리고 말지.

대학생이 오백만 원짜리 금쇠를 마련하기는 어려웠을 것이다. 그렇지만 오빠는 싸구려 잡쇠에는 손대지 않고 혼자 힘으로 금쇠를 마련해서 두드렸다. 머리를 자르기 아까워서 오빠는 군대 면제 받을 길을 찾고 있다고 말했다. 사물놀이로 베니스 국제타악기 경연대회에서 대상을 타면 면제를 받을 수 있다고 했다.

— 왜 오빠는 고등학생들과 팀을 짰어? 대학생들 중에는 없어?

— 음악은 나이와 상관없어. 쟤네들은 천부적으로 끼를 타고났어. 무대에 딱 서보면 감이 와.

난희, 은우, 영배를 얼마나 소중하게 생각하는지를 오빠는 표정으로 말했다. 주유나이 패를 세계적인 타악기 그룹으로 키우는 게 오빠의 꿈이었다. 대학생은 자기가 좋아하는 것을 위해 뭐든지 자기 힘으로 할 수 있는가 보다. 그래서 엄마는 늘 내가 뭘 하고 싶어 할 때마다 대학교 들어가서 하라고 한 걸까?

— 대학 들어간다고 뭐가 달라요? 똑같이 집에서 밥 먹고 학교 다닐 텐데.

— 달라. 고등학생보다 성숙해. 책임질 일과 책임 못 질 일을 구별하지.

"오빠, 자벌레 알아?"

"난 그냥 벌레야. 비루한 벌레."

"내 말 좀 들어봐, 오빠."

"벌레한테 할 말 있어?"

"참, 내. 어쨌든 말할래. 자벌레는 기어 다녀. 몸을 구부렸다가

펴면서 기어. 그런데 일생 동안 구부리고 펴는 횟수가 정해져 있
대. 그 횟수만큼 기어 다닌 다음 껍질을 벗고 날개를 얻는 거지.
사람에게도 일생 동안 받는 고통의 양이 정해져 있대. 고통을 겪
을 때마다 성장한다니까, 평생 성장통을 앓는 셈이지. 그 고통은
사춘기 때가 제일 심하대.”

“누가 그런 헛소리를 해. 생물학자야?”

“시인.”

“시인 집어치우라고 해. 처음부터 날개를 갖고 태어나는 놈도
있어. 여자 끼고 거들먹거리는 꼴, 네 눈엔 안 보이니?”

엄지손가락으로 뒤 테이블을 가리키며 오빠가 비아냥댄다. 정
말 오빠답지 않다. 오빠는 대학생의 신분으로 주유나이 패를 결
성해서 이만큼 키워왔다. 거왕그룹은 한국에서 공연장과 실내악
단을 운영하고 있다고 한다. 패를 세계적으로 키우려면 오빠는
정승오와 우호적인 관계를 가져야 할 것 같다. 그렇지만 나도 단
짝을 뺏어간 정승오가 싫다.

“안 보인다고 말해, 수린아.”

어느새 난희가 곁에 와 있다.

“놀자, 우리. 놀아, 나두 오빠, 응?”

“너네끼리 놀아.”

“아이, 오빠아.”

난희가 윙크를 남발하며 졸라도 오빠는 금쇠를 들지 않는다.

은우가 장구를 메고 온다. 영배도 두 손에 북과 징을 들고 온다. 금쇠가 없는 사물놀이가 시작된다. 보기 싫은지 오빠는 아예 돌아앉아서 혼자 술을 따라 마신다.

바람아 별들아 하늘아 내, 바다야
주유나이박 나의 친구야
징 따로 북 따로 쇠 따로 장구 따로
두드린다 너의 마음을

내가 할 수 있는 건 아무래도 시를 짓는 일이다. 악기를 연주하지 못하는 대신 나는 주유나이박 패가를 짓는다. 비틀즈의 〈Let it be〉 가사를 바꾼 것이다.

— 렛 잇 비, 렛 잇 비, 바람아, 별들아, 하늘아, 내 바다야.

노래에 맞추어서 넷이 노는데 홍기범이가 자기 선배들과 같이 껴든다. 우리는 팔을 서로의 어깨에 얹고 둥글게 돈다.

"둥둥둥 웃뜨웃뜨! 두둥두둥 두드리자!"

강강술래처럼 손에 손을 잡고 한 줄로 돌아다닌다. 신이 난 난희가 나에게 징과 징채를 넘긴다. 자신은 장구를 메고 장구춤을 춘다. 들쭉날쭉한 덧니가 다 보이도록 마음껏 웃으면서 사람들 사이를 돌아다닌다.

"와아!"

정승오가 루블 몇 장을 장구 줄 틈에다 끼워 넣자 함성이 터진다.

— 땡땡큐!

난희가 정승오에게 튤립 봉오리처럼 입술을 오므려 보인다. 지나치다. 빨간 립스틱 색깔도, 입술을 오므리는 폼도. 오빠는 혼자 술을 마시면서 우리가 노는 모습을 구경한다. 내가 권해도 놀이판에 끼어들지 않는다. 대학생이 된다는 건 자기 고집을 세우는 일인가 보다. 그러나 나에게는 영원히 못 잊을 밤기차에서의 축제다. 맥주를 처음 마신 날이고, 징을 처음 친 날이다. 난희가 두 팔을 활짝 벌려서 장구를 세게 칠 때 나도 징채를 높이 올려서 징의 복판을 친다.

— 지잉.

무거운 징을 치면서 뛰기는 정말 힘든 일이다. 호수에 빠졌을 때 난희는 물속에서 징을 쳐서 나를 구해냈다. 징이 무겁긴 하지만 난희와 같은 나이인 내가 물속도 아닌 곳에서 치지 못할 것은 없다. 나는 팝콘처럼 튀듯이 뛰어다니는 난희를 놓치지 않고 따라다닌다. 난희가 하는 짓은 모두 따라서 한다. 징을 치면서 유치원 때처럼 큰 소리로 떠든다. 테이블 모서리에 부딪히고, 의자에 걸려 넘어지고, 드레스에 음료수를 쏟으면서 깔깔댄다. 그래도 나는 징을 손에서 놓지 않는다.

— 지잉지잉! 콰앙콰앙!

내가 징을 치는 게 아니라 징이 나를 치는 것 같다. 내가 징이다. 나는 제일 큰 소리로 운다.

― 콰앙콰앙!

나의 몸에 붙어 있던 무거운 것들이 슬그머니 떨어져나가는 느
낌이다.

"엄마!"

갑자기 튀어나온 낱말에 놀라서 나는 징채를 던진다.

통성기도

아침이다. 내가 잠에서 깨니, 기차는 상트페테르부르크 기차역으로 진입하고 있다. 봉고차를 타고 또 잠을 자려는데 난희가 나를 놀린다.

"불면증이라더니 잠보네."

차에서 내리자마자 나는 엄마에게 전화를 건다. 내가 직접 전화를 걸기는 러시아에 와서 처음이다. 엄마는 영상통화를 하려고 했지만 나는 목소리 듣기도 힘들다.

"안 먹었어요. ……한 알도 안 먹었다니까요. ……참을 만해요. 비만 클리닉은 어때요? 사 킬로나? 정말? ……차 끌고 공항에 나오지 마세요. 나오고 싶으면 버스 타고. 끊을게요. 엄마 먼저 끊어요. 그럼 저 먼저 끊을게요."

처음부터 끝까지 나는 거의 혼자 말 걸고 혼자 대답한다. 엄마가 계속 흐느끼기만 하기 때문이다. 동물병원에 입원한 다이몬의 소식이 궁금했지만 묻지 못한다. 엄마가 먼저 이야기하지 않는 건 다이몬의 상태가 나쁘기 때문일 거라고 짐작할밖에.

상트페테르부르크에서는 황당한 일이 기다리고 있다. 꿈꿔오던 일명 겨울 궁전, 에르미타주 박물관이 정기 휴일이란다. 흰 철책 사이로 보이는 거대한 장원으로 들어가지 못하고 발길을 돌려야 하다니!

— 이럴 수가!

모두들 어이없어 한다. 홍기범이 여기저기로 전화를 걸더니 오늘 일정과 내일 일정을 바꾸자고 말한다.

"형, 초짜구나? 무슨 가이드가 정기 휴일도 몰라?"

"그게 아니야. 오늘은 날씨가 좋으니까 네바 강에서 뱃놀이하라는 하늘의 계시지."

"크크, 기범 오빠, 어쩜 저렇게 능청맞냐. 진짜 연극쟁이 같다, 그치?"

홍기범은 부모 도움 없이 가이드로 돈 벌어서 학교를 다닌다고 자랑했다. 그래서인지 후줄근한 옷에서 비누 냄새가 나고 머리도 자주 감지 않는 티가 났다. 밥도 우리에게 붙어서 해결하고 남은 음식은 자취방으로 싸가지고 갔다.

— 난 언제나 독립선언 할 수 있을까.

홍기범의 독립을 제일 부러워하는 사람은 갈두 오빠다. 주유나이 패의 연습실을 따로 갖는 게 오빠의 소원이다. 공연 있을 때마다 화성에 있는 선배의 연습실과 파주의 비닐하우스를 오가며 연습한다고 한다.

― 나도 독립할 수 있을까?

고등학교, 대학교, 외국 유학, 외무고시……. 아빠는 딸이 당신보다 더 성취하기를 기대한다. 기대를 만족시켜 가는 동안만은 나 역시 독립할 필요가 없을 것이다. 그러나 내 꿈은 고급공무원이 아니라 유치원 선생님이다.

― 넌 날개를 갖고 태어난 거야.

갈두 오빠의 눈빛을 나는 알고 있다. 부모가 시키는 대로 공부만 하면 모든 게 해결되는 아이는 외고에서도 많지 않다. 집이 어렵거나, 몸이 아프거나, 공부가 못 따라가거나, 정신장애를 앓거나, 외모 콤플렉스에 시달리거나…… 대부분 제 몫의 고민을 지니고 있다. 그러나 나보다 더 고통 받는 사람이 있다고 해서 내 몫이 줄어드는 건 아니다.

― 하고 싶은 게 있으면 대학 가서 해. 다 너를 위해서야.

다 나를 위해서라는 걸 나도 알고 있다. 아빠를 만족시켜 가는 동안 독립선언 할 힘이 생길 거라는 것도 알고 있다. 하지만 욕심과 노력만으로 공부가 되는 건 아니다. 아빠 친구들의 자식은 다 스카이 갔고, 외국의 명문대를 갔다고 한다. 나도 좋은 딸이 되려면 아빠의 체면을 세워줘야 할 것이다. 나는 망가져도 아빠를 망가뜨리고 싶지는 않다. 그렇지만 기는 아이 위에 뛰는 아이, 뛰는 아이 위에 나는 아이, 나는 아이 위에는 마우스만 움직여서 원하는 걸 손에 넣는 아이가 있다.

— 한계야. 나도 어쩔 수 없어.

이제 며칠 뒤면 여행이 끝나고, 러시아를 떠나 한국으로 돌아간다. 가면 먼저 병원에서 진단서를 받아 학교에 제출해야 할 것이다. 다행히 복학이 되면 나는 죽을힘을 다하여 공부해야 할 것이다. 전학도 안 되고, 중퇴도 안 되고, 삼학년도 아닌 이학년부터……. 껍질 속에 다른 길은 없다. 어디에도 재밌고 편하게 사는 길은 없다. 껍질을 깨고 나오려면 온몸이 피투성이가 되도록 땅바닥을 기는 수밖에 없다.

— 왜 나를 낳으셨어요.

이제는 스스로 그 대답을 찾아야 한다.

"굿 뉴스! 성 이사님이 지금 이리로 오고 있어."
홍기범이가 우리에게 온다.
"그게 왜 굿 뉴스야, 오빠?"
"에르미타주 박물관의 최대 후원사가 거왕그룹이거든."
"그래서?"
"뭐가 그래서야. 이사님이 다른 곳을 관광하다가 우리 사정을

들고는 이쪽으로 관광지를 바꾼 거지. 덕분에 우리도 저 궁전 속
으로 들어가게 된 거고."

"정기 휴일인데 문을 열어준단 말이야?"

"와우, 쎈데?"

"정말 오고 있어, 승 오빠가?"

"둘이 사귀니?"

"사귀긴! 미리 말해줘야 옷이라도 갈아입지. 이게 뭐야."

"사귀는 거냐고?"

들은 척도 않고 난희는 급히 화장백을 열어서 콤팩트와 립글로
스를 꺼낸다. 아침에 우리가 기차에서 내릴 때 정승오는 보이지
않았다. 우리가 버스로 이동하면서 요구르트 섞인 우유와 호밀
빵을 뜯는 동안 호텔 같은 곳에 가서 쉰 것이 틀림없다.

"난 싫어."

"오빠, 왜 그래?"

"우리끼리 다니자. 또 그놈 앞에서 재롱부리기 싫어."

"재롱이라니, 오빠. 예술가에 대한 호의지. 거절할 이유가 어딨어."

"아무튼 싫어. 어젯밤 얻어먹은 것도 존심 상하는데 오늘 공짜
구경까지? 그냥 오늘 일정과 내일 일정을 바꾸면 되잖아. 우리 힘
으로 다니자."

"어제부터 오빠가 왜 저런대? 수린아, 네가 좀 말해봐. 여기까
지 왔다가 구경도 못하고 내일 다시 올 거 뭐 있어, 응? 네가 사촌

오빠한테 말 좀 해, 빨리."

나를 잡아끌어서 난희는 갈두 오빠 앞으로 데려간다. 그러나 나는 아무 말도 하지 못한다. 멀리 자작나무숲 사이 길을 새까만 리무진이 달려오고 있기 때문이다. 흔들림 없이 달려와서 리무진은 우리들 앞에 멈춘다. 운전기사가 내려서 문을 열어주니까 정승오가 내린다. 우윳빛 슈트에 나비 블루 와이셔츠……, 여행으로 후줄근해진 우리의 옷차림을 돌아보게 하는 정장이다. 난희도 어젯밤의 하얀 롱드레스를 그대로 입고 있다. 오늘 다시 정승오를 만날 줄 알았다면 다른 옷으로 갈아입었을 것이다.

"조용해서 좋군. 가지."

우리들의 인사를 받는 둥 마는 둥, 정승오는 정문으로 간다. 러시아 안내원 두 명이 뛰어나와서 정승오를 맞는다. 갈두 오빠도 더 이상 내놓고 반대하지 못한다. 본능적으로 우리는 정승오에게서 뒤떨어져 걷는다. 난희가 속삭인다.

"낮에 보니까 완전 딴 사람이네. 그치, 홍당무?"

"일본 필이 나서 난 별로야."

"잘 봐봐. 어느 각도에서 찍어도 브이 컷이 나온다는 전설의 역삼각형 얼굴이잖아. 울 언니가 봤으면……."

"짝사랑 갈두 오빠는 어떡하고?"

"걍, 사진 모델로 짱이란 말이지."

은우가 난희를 앞으로 민다. 난희는 할 수 없다는 듯 정승오와 나란히 걸어간다. 은우와 영배가 그 뒤로 가고 나는 갈두 오빠와 뒤처져서 걷는다. 어깨를 축 늘어뜨리고 걷는 오빠를 보니까 나 역시도 벌레가 된 느낌이다.

"우리끼리 내일 올 걸 그랬어, 오빠."

후회도 늦었다고 오빠의 표정이 말해준다. NO라고 몇 분 전에만 결정했어도 초라함은 면했을 것이다. 무대에서의 나갈두와 지금의 나갈두는 다르게 느껴진다. 자신감으로 빛나던 얼굴은 지금, 어둡다.

─ 오빠도 나와 비슷한 무력감에 빠졌나 보다. 아무리 음악성이 뛰어나도 오빠 혼자서는 주유나이 패를 키울 수 없을 것이다. 도움을 받아서 패를 키워야 하는데, 키우려면 자존심을 팽개쳐야 하는데……. 사물놀이는 시처럼 혼자 할 수 없어서 곤란하구나.

굳게 닫혀 있던 철문이 스르르 열린다. 네바 강변을 따라 백색 건축물들이 띄엄띄엄 서 있다. 에르미타주 박물관은 러시아 황제들이 겨울에 머물던 궁전이다. 황금으로 만든 황금의 방, 한국에서 특별전이 열리면 몇십 점 감상할 수 있는 대가의 작품들. 고갱, 르누아르, 다빈치, 로댕……. 너무 많아서 이름만 읽고 지나치기에도 바쁘다. 피카소 앞에서 정승오가 멈춘다. 뒤따르던 발들도 자연 멈출 수밖에 없다.

The Absinthe Drinkers (Pablo Picasso)

그림 제목이다. 토트백에서 뭔가를 찾는 난희에게 나는 손수건을 건넨다. 난희는 눈물을 찍어낸다. 그러더니 이내 으앙, 입술을 구기면서 울음을 터뜨린다.

"나니야, 너 왜 울……어?"

난희의 충혈된 눈을 보자 나는 말문이 막힌다. 코끝이 찡해진다. 지난번에 같이 껴안은 뒤로 나는 난희가 울면 같이 울고, 난희가 웃으면 따라 웃는다. 샴쌍둥이라고 은우가 놀려도 할 수 없다.

"이 작품……."

"이 작품? 압생트를 마시는 여인. 피카소 작품. 왜 이걸 보고 우냐구?"

"울 아빠를 뺏어간 그림이야."

나는 그림을 자세히 본다. 둥근 식탁이 놓인 어둑한 방이다. 한 아줌마가 짙은 청색 옷을 이마까지 뒤집어쓰고 의자에 앉아 있다. 혼자 팔꿈치로 턱을 괴고 뭔가를 쳐다보고 있다. 식탁에는 청색 술 한 병과 청색 술잔 하나가 놓여 있다. 아줌마의 눈빛이 슬픈 듯도 하고 처량한 듯도 하다. 은우가 곁으로 와서 난희와 나를 번갈아 본다.

"이거 피카소 그림 같지 않네. 피카소 그림은 모두 괴상망측하잖아. 배꼽에 붙은 눈, 길게 찌그러진 얼굴, 변태 누드……."

은우가 상황 파악이 안 된다는 듯 한심해한다. 난희는 내 손수건에다 몇 번 코를 풀더니 언제 울었냐는 듯 말끔해진 목소리로 그림을 가리켰다.

"우리 집에 이 그림과 비슷한 그림 있어."

"진짜 피카소 그림이?"

"응. 우리 집 가보 일호야. 육이오 동란 때, 그러니까 피카소가 〈한국의 학살〉이란 작품을 그리던 때, 최승희가 피카소에게 직접 얻은 작품이래. 최승희는 우리 고모할머니에게 주고, 할머니는 우리 엄마에게 주고."

"와아! 굉장한데? 도둑맞은 적 없어, 나니야?"

"없어. 누가 우리 집에 그런 그림이 있다고 상상이나 하겠니? 다들 복사판인 줄 알지. 돼지저금통은 도둑맞았어도 그림 도둑은 맞은 적 없어."

"거짓말 같다, 나니야. 네 집에 수십 억짜리 피카소 그림이 있단 얘기를 믿으라는 거지, 지금?"

"어떻게 하면 내 말을 믿을래?"

"아, 참. 너네 아빠 사장님이지. 내가 깜빡했어."

"여우야. 이제 그런 말 듣기 싫어. 나 사장님 딸 아닌 건 네가 더 잘 알잖아. 옛날엔 사장님이었지만 지금은…… 지금은 아니지."

"미, 미안해, 나니야. 그땐 나도 모르게 꼭지가 돌아서 그만……."

난희는 생각에 깊이 빠져서 은우의 말을 못 들은 것 같다. 한참 뒤에 난희는 혼잣말처럼 중얼거린다.

“울 엄만 춤꾼이야. 엄마에게 이 그림은 돈이 아니라 스승에게 물려받은 춤이야. 엄마의 고모 홍금라 할머니가 스승에게 받은 그림을 제자인 엄마에게 준 거야. 아직 엄마는 이 그림을 물려줄 제자를 못 찾았지.”

“너 있잖아. 이난희.”

“난 아냐. 난 다 싫어. 〈압생트를 마시는 여인〉. 이 그림 때문에 아빠가 집을 나갔어. 회사 부도날 때, 아파트 넘어갈 때, 아빠가 이 그림을 팔자고 했는데 엄마가 목숨 걸고 막았거든. 정말 이상한 그림이야. 처음에 팔려고 했을 때는 아빠가 교통사고를 당했어. 두 번째 팔려고 했을 때는 아무도 없는 공장에서 불이 났어. 지금 또 언니가 그림을 팔려고 해. 무서워, 또 나쁜 일이 생길까 봐…….”

“굉장한 집안이군. 피카소 그림을 갖고 있다니……. 맞아요. 이 작품과 비슷한 작품이 피카소 도록에 있어요. 그동안 그림이 어디 있는지는 아무도 몰랐지.”

피카소 앞에서 정승오는 움직이지 않고 낮은 목소리만 흘린다. 명화를 감상하는 폼이 보스그마 비내생다워 보인다. 성배기 헐레 벌떡 달려온다.

“나니야!”

“왜 그래, 돌배야? 어디 불났어?”

영배는 다짜고짜 난희의 손을 잡아끈다. 영문을 모르고 우리들은 뒤따라간다.

"말을 해야지, 말을. 무슨 일인데?"

"나니가, 나니 초상화가 저기 있어!"

"나니 초상화? 그럴 리가!"

"똑같아. 나두 형도 똑같다고 그랬어. 나니야, 너야, 너라구. 네가 저기서 춤추고 있다니까."

모두 영배를 따라 우르르 몰려간다.

"어!"

모두 놀란다. 나도 놀랄 수밖에 없다. 방과 방 사이의 통로 중앙에 걸린 대형 그림은 승무다.

Buddist Dance (韓國. HeungSoo Kim)

승무를 추는 여자는 이난희다. 난희의 갸름한 계란형 얼굴이다. 난희의 엄마나 할머니쯤 되는 분의 초상화인가 보다. 난희는 어젯밤의 하얀 롱드레스를 아직도 입고 있다. 몸에 긴 홍띠도 두르지 않았고 머리에 하얀 고깔도 쓰지 않았다. 그래도 난희는 그림 속에서 걸어 나온 듯하다.

"누구니? 엄마는 아닐 거고."

"엄마의 고모인 홍금라 할머니지. 최승희의 수제자."

"어쩜 이렇게 너랑 똑같니?"

"난 이씨야. 그런데 엄마를 닮았고 엄마는 고모할머니를 닮았으니까 유전이지."

짝짝짝짝! 정승오가 박수를 친다. 영문을 몰라 하는 난희에게 정승오가 가까이 다가간다.

"조지훈의 「승무」가 생각나는군. 얇은 사 하얀 고깔은, 고이 접어 나빌레라……. 춤을 청해도 될까?"

"네에?"

"지금 여기, 바로 이 순간, 춤이 보고 싶어……."

"어떻게 여기서 춤을……."

갈두 오빠가 정승오의 어깨를 뒤로 잡아당긴다. 아이패드로 동영상 촬영을 준비하던 정승오는 균형을 잃고 뒷걸음질 친다. 홍기범의 선배가 비틀거리는 정승오를 부축한다.

"왜 이러는 겁니까, 정승오 씨. 당신 지금 나니를 괴롭히고 있잖아요."

정승오는 부축한 손을 신경질적으로 떼어낸다. 아이패드를 선배에게 넘기고는 슈트의 깃을 바로 한다.

"제정신이에요? 여기서 춤을 추라니."

"무리인 줄 압니다. 내 욕심인 거, 잘 알지요. 그런데 왜 이렇게 간절히 춤을 보고 싶은지……, 이 초상화가 나의 미감을 마구 건드려서 나도 어쩔 수가 없어. 난희 씨는 춤을 추고, 난 그림을 구상하고…… 그렇게 어려운 부탁 같지는 않은데……."

"나니 괴롭히지 말아요, 정승오 씨. 무용복도 없고, 반주 음악도

없고, 관객도 없는 여기서 춤을 추라니, 춤꾼에 대한 예의가 아니
에요."

"예의가 아닌 줄 알면서도 참을 수가 없는데 어떡하지. 그림 잘
나올 것 같은데, 예술가의 아량으로 날 좀 이해해줄 수 없을까, 나
갈두 씨? 사례는 할게요. 모델료랄까, 출연료랄까…… 나도 공짜
는 싫거든. 부탁해요, 난희 씨."

정승오가 지갑에서 지폐를 꺼내어 난희에게 내민다.

"가진 게 이것밖에 없어서……."

"받지 마, 나니야. 노라고 분명하게 말해. 니가 원숭이냐, 아무
데서나 재주를 부리게?"

"나갈두 씨는 나서지 말아요. 이건 난희 씨와 내 문제지요. 추
고 안 추고는 난희 씨 마음이고."

정승오는 지폐를 들고서 난희가 손을 내밀기를 기다린다. 밍크
숄을 몇 개 살 만한 액수 같다.

"당신 지금 제정신이야? 순진한 아이를 돈으로…… 기가 막혀
서. 나니야, 할 필요 없어. 백만 원, 천만 원 준대도 하기 싫음 안
할 권리, 그거 너 평생 지켜야 돼. 너 혼자 못 지키면 이 오빠가 지
켜줄게."

"형, 뭘 그렇게 심각하게 생각해? 그냥 나니에게 맡겨. 나니, 니
가 알아서 해."

영배가 씨근덕거리는 갈두 오빠 옆으로 가서 선다. 그러자 가

이드들과 러시아 안내원들이 슬그머니 정승오 쪽으로 간다.

— 한판 붙자는 거야?

영배의 무서운 눈초리를 정승오는 본 체 만 체한다. 은우가 난희 옆으로 다가가서 속삭인다.

"나라면 하겠다. 정당하게 출연료 받고 추는 거잖아. 나니야, 실력 발휘해. 내가 이 역사적인 동영상을 찍어서 홈피에 올릴게."

"여우야, 왜 너까지 나니를 괴롭히니? 하지 마, 나니야. 다차에서 밟힌 걸로 족해. 더 이상 저치 앞에서 어릿광대가 될 수 없어. 우린 주유나이 패야. 나는 밟혀도 패는 밟히면 안 돼. 나는 바닥을 기어도 패는 하늘을 날아야 해."

"우리의 너그러우신 리더께서 오늘은 이상하네? 오빠 같지가 않아."

그렇지 않니? 동조를 구하는 은우의 눈빛에 나는 맞장구칠 수 없다.

난희는 초상화 앞으로 가까이 가서 그림을 뚫어지게 쳐다본다. 그러다가 얼굴을 돌리고 눈으로 갈두 오빠를 찾는다. 다른 사람이 된 것처럼 이상한 눈빛이다. 목소리도 독감 걸린 것처럼 덜덜 떤다.

"오빠, 미안하지만 난 춤추고 싶어. 저 그림이 나를 막 끌어. 같이 춤추자고……."

난희는 정승오에게 지폐를 받는다. 대충 반으로 갈라서 두 손에 나누어 쥔다.

"많네요. 승 오빠, 고마워요. 피카소 그림 보게 해줘서 고맙구요, 울 할머니 만나게 해줘서 고마워요. 쉬는 날이라 하마터면 못볼 뻔했는데……. 난 여기에 우리 집과 비슷한 그림이 있는 줄도몰랐고, 할머니 초상화가 있는 줄도 정말 몰랐어요. 그런데 오빠덕분에 만났어요. 그리고 나에게 이렇게 많은 출연료를 줘서 감동 먹었어요."

"너, 진짜 춤추려구? 리더가 하지 말라잖아."

"놔둬, 금배야. 누가 쟬 말려."

난희는 정승오에게 오른손의 돈을 내민다.

"오빠, 이건 박물관 입장료예요. 우리 주유나이 패는 공짜를 싫어해요. 공짜 공연하기도 싫어하고 공짜 구경하기도 싫어해요."

정승오가 받지 않으려고 하자 난희는 슈트의 왼쪽 주머니에 찔러 넣는다. 나머지 돈은 잠깐 구경하다가 자기의 토트백에 넣는다.

"감사히 받겠습니다, 정승오 오빠. 공짜로 춤추면 엄마한테 혼나거든요. 이제 나, 춤춰도 되죠? 울 엄마라면 분명 고모 앞에서멋진 춤 솜씨를 자랑했을 거예요."

난희는 초상화를 마주 보면서 말한다.

"할머니, 저예요. 할머니 조카 홍지선의 딸, 이난희예요. 그런데할머니라고 부르니까 열라 뻘쭘하네요. 초상화는 저보다 겨우 몇살 많아 보이는데 말예요. 저, 춤출게요. 못해도 흉보지 마세요."

사실 나도 난희의 춤이 보고 싶다. 난희의 말대로 어떤 일을 시작하기 전에 살을 풀어야 한다면 진짜 살풀이가 필요한 사람은 나다. 한국에 돌아가면 옛날의 박수린을 벗고 새로 시작하고 싶다. 부모님이 원하는 모습이 아니라 내가 원하는 모습으로 태어나고 싶다. 의사가 정상이라고 진단서를 떼어주어도 나는 외고에 다니기 싫다. 일반 학교로 전학해서 실력이 비슷한 아이들과 경쟁하고 싶다.

"오빠, 승무 반주 좀 부탁해. 엄마한테 배운 최승희제 승무, 끝까지 출 수 있도록 도와줘."

난희는 샌들을 벗고 대리석 바닥에 무릎을 꿇는다. 이제는 구십이 넘었을 고모할머니의 초상화 앞에 엎드린다. 얼굴을 차가운 대리석 바닥에 대고 엎드려서 두 팔을 바닥으로 뻗는다.

―차르르르.

금쇠가 운다. 난희는 흠칫 몸을 떨다가 다시 털썩 엎드린다. 말라깽이 몸 위로 실비 같은 쇳소리가 쏟아진다. 실비에 젖을 만한 시간이 흐르고도 난희는 죽은 듯이 엎드려서 일어나지 않는다. 아무리 시간이 흘러도 난희는 길고 마른 몸을 움직이지 않는다.

―으으…….

난희는 아무 소리도 내지 않았지만 내 귀에는 혓바닥을 비트는 소리가 들린다.

―통성기도.

온몸으로 무슨 말인가를 소리치며 올리는 기도를 본 적이 있다. 십자가에 못 박힌 그리스도가 하늘을 올려다보는 그림 밑에서다. 그리스도가 숨이 끊어지기 전에 올린 마지막 기도라고 엄마는 설명했다.

"으으, 으으으……."

외치고 난희는 허리를 비튼다. 춤을 시작하려나 보다고 생각했는데, 난희는 다시 쓰러지듯이 엎드린다. 난희의 등짝이 심하게 들썩인다.

— 어? 너 울어? 울면 안 돼, 나니야. 일어나. 일어나서 춤춰야지. 너처럼 착하고 예쁜 아이가 왜 이렇게 찬 바닥에 엎드려 있는 거야. 네가 왜……. 일어나, 어서.

난희를 손잡아 일으키고 싶지만 마음뿐이다. 나는 정승오 옆에 나란히 서서 바닥에 엎드린 난희를 내려다본다. 엎드려서 통성기도를 올려야 할 사람은 나다.

소나기를 맞으며 오빠의 자취방에 갔다 와서 나는 호되게 독감을 앓았다. 나는 임신한 사실을 몰랐다. 단 한 번으로 임신한다는 것은 드라마에서나 나오는 일이라고 성교육 선생님도 말했다. 혹시나 하여 처음에는 인터넷에 떠도는 임신 증상을 검색했다. 그러나 몇 달 동안 아무 증상이 없는 데다 시험까지 겹쳐서 차츰 잊었다. 때문에 엄마가 폐경 운운할 때 무심코 저도 월경이 몇 달째 없어요, 라고 얘기할 수 있었다. 원래 빈혈이어서 나는 자주 월경을 걸렀다. 그런데 엄마는 뭔가 다르게 느낀 모양이었다. 소변을 받아서 엄마에게 건넬 때에도 나는 그것을 뭐에 쓰려는 건지 몰랐다. 화장실에서 나온 엄마가 말했다.

"병원에 가보자."

"왜요?"

아무 상상도 하지 않았으므로 나는 생각 없이 대답했다.

"월경이 몇 달째 없다며?"

얼굴이 굳지도 않았고 기분 나쁜 목소리도 아니었다. 조금 뾰족하긴 했지만 피곤할 때와 비슷했다. 엄마는 이미 임신 테스트 기구로 알았을 것이다. 확인이 필요해서 병원에 가자고 했을 터였다. 당연히 엄마 친구가 운영하는 올림픽 병원으로 갈 줄 알았는데 엄마는 송파 근처의 낯선 병원으로 갔다.

"임신이라니, 내 딸이."

집으로 오는 차 안에서 엄마가 중얼거렸다. 처음에 나는 못 알아들었다.

"축하해."

"뭘……요?"

"잘 낳아서 잘 길러야지, 리틀 맘?"

"헐!"

나는 숨을 멈추었다.

"너와 나 둘 중의 한 사람, 학교 그만두고 집에서 애를 키워야 겠지? 당연히 내가 사표를 내야겠지? 아이를 내 호적에 올리고 잘 키워야 나를 훌륭한 엄마, 아니, 훌륭한 할머니라고 하겠지? 그다음 아이는 어떻게 될까? 너는 어떻게 될까? 아빠는 뭐라고 할까? ……앞이 안 보여."

앞이 안 보이긴 나도 마찬가지였다. 자살하는 아이들을 이해할 것 같았다. 딱 죽고 싶은 마음뿐이었다. 집에 와서 나는 방문을 잠 갔다. 엄마도 내 방문을 두들기지 않았다. 저녁 식사 때에도 부르 지 않았다. 아침에 학교 가라고 깨우지도 않았다. 아빠는 외국 출 장 중이었다. 나는 엄마가 집을 나가면 아래층으로 가서 밥을 먹 고 다이몬의 밥을 주었다. 엄마가 귀가할 시간에는 다시 이층으 로 올라가서 방문을 걸어 잠갔다. 핸드폰을 끄고, 컴퓨터를 틀지 않았다. 그냥 멍하니 침대에 앉아서 시간을 보냈다.

어느 날 아래층에서 싸우는 소리가 들려왔다. 아빠가 출장에서 돌아온 것이었다. 나는 방을 나와 이층 난간에 기대섰다. 고함 소 리에 내 이름이 섞여 있어서였다.

"고발할 거예요. 시인이랍시고 순진한 아이를 꾀어내 겁탈하다 니, 그냥 놔둘 수 없어요. 성폭행이 얼마나 무서운 범죄인지, 세상 에 알려야 해요."

"같이 망하려고 그래? 아이를 두 번 죽일 작정이야? 여고생을 경찰서에 데려가서 더러운 얘기를 하게 하는 부모가 어디 있어!

다들 그냥 넘어가잖아. 내 체면은 어떡해. 기자들이 가만있을 것 같아? 당신은 도덕 선생 노릇 계속할 수 있을 것 같아?”

“그럼 날더러 어쩌라고요.”

“조용히 해결해. 닥터 윤에게 맡겨.”

“못해요. 낙태는 불법이에요. 가톨릭 신자로서 살인은 할 수 없어요.”

“저, 위선! 수린이 동생을 없앤 건 살인 아니야? 그것도 아들을.”

“그건…… 임신중독이 심하다고 병원에서 권하니까…….”

“닥터 윤한테 물어봐. 열일곱 살짜리 애한테 애 낳아서 기르라고 권하지는 않을 거야.”

― 싸운다, 엄마 아빠가 싸운다, 나 때문에 싸운다. 나 때문에, 나만 없으면…….

내 몸은 아래층으로 곤두박질치려고 흐느적거렸다. 나만 사라지면 싸울 일도 사라질 것이었다. 몸이 이층 난간에 걸쳐져 있는 것을 발견하고 엄마가 달려왔다.

“괜찮아, 수린아. 걱정 마. 넌 다른 애들과 달라. 내가 있잖아. 아무도 널 못 건드려. 엄마가 전문가인 거 알지?”

엄마는 나를 껴안았다. 그때부터 엄마는 내가 혹시나 엉뚱한 짓을 할까 봐 수시로 내 방을 들락거렸다. 나도 점차 방문을 잠그지 않게 되었다. 엄마는 악성빈혈 진단서를 떼어 학교에 휴학계를 냈다.

"우리나라만 꼭 막혔어. 선진국에서는 십대, 이십대에 다 엄마가 되고, 생활능력이 생길 때까지 모자를 보호해. 우리나라만 리틀 맘을 삐딱하게 보지. 사랑하는 사람끼리 애 낳아 기르는 건 자연스러운 거야. 시기가 이르다고 해서, 그것 때문에 천벌 받을 짓을 할 수는 없어. 완벽하게 준비된 부모는 세상에 없어. 난 아직도 초보 엄마 같은데, 실수투성이 맘인데…… 더 이상의 실수는 할 수 없어."

말은 편하게 해도 엄마 역시 리틀 맘을 불량하게 생각하는 쪽이었다. 올림픽 병원의 닥터 윤에게 나를 맡기지 않는 게 증거였다. 엄마는 달마다 변두리의 허름한 산부인과 병원으로 나를 데려갔다. 칠 개월 지났을 때 의사는 초음파 사진을 뽑아주었다. 팔, 다리, 머리, 내 몸에 연결된 탯줄…… 사람의 형체가 또렷했다. 의사는 아기의 심장 소리도 들려주었다.

— 쿵쿵쿵쿵.

심장 소리가 무슨 말인가를 하고 있었다. 조그맣게 웅크리고 앉아서 아기는 간절히 무슨 말인가를…… 한참 만에 겨우 나는 아기의 말을 알아들었다.

— 엄마.

— 그래, 아가야.

처음으로 아기와 대화를 나누는데, 쉴 새 없이 눈물이 흘렀다. 엄마도 나를 따라 울었다. 나는 의사가 뽑아준 아가의 사진을 소중히 간직했다. 처음으로 살아야겠다는 생각이 들었다. 아기와 함께 살기 위해서라면 어떤 모욕도 참을 수 있을 것 같았다.

"한잔 해야겠다."

병원에 다녀와서 엄마가 크리스털 글라스를 꺼냈다. 아직도 쿵쿵쿵쿵, 아기의 심장 소리가 귓가에 쟁쟁할 때였다. 인형 같은 팔, 다리, 머리도 눈앞에 아른거렸다. 너무 신기했다.

"너도 한잔 해."

손잡이가 길고 주둥이가 백합꽃처럼 벌어진 유리잔이 내 앞에 놓였다. 우리 집에서 술을 마시는 사람은 아빠뿐이었다. 어쩌다 생일에 와인을 따도 엄마는 코로 향을 음미하고 마시지는 않았다. 딱 한 잔만 하라고 아빠가 권하면 엄마는 아예 잔을 치워버렸다. 술은 영혼을 어지럽힌다는 게 엄마의 지론이었다. 그런데 지금 엄마는 단번에 술잔을 비웠다. 일부러 영혼을 어지럽히고 싶은가 보다.

"너도 마셔봐."

빨간 포도주 한 잔을 마시고 엄마는 또 가득 따랐다.

"마실 줄도 모르면서."

"모르긴. 한약처럼 마시면 되지. 오늘은 내 인생에 특별한 날이야."

얼굴과 목덜미가 홍당무보다 더 빨간데도 엄마는 거푸 석 잔을 마셨다.

"적포도주는 아기에게 좋단다."

마치 엄마가 임신한 것처럼 또 한 잔을 가득 따라서 마신 다음 엄마가 말했다. 아기의 심장 소리를 듣고 초음파 사진을 본 것이 엄마에게도 가슴 벅찬 일인가 보았다.

"아까 의사가 뭐래요? 엄마만 따로 불렀잖아요."

"뭐, 뻔하지. 없애란다."

"!?%$*&!"

"이십만 원, 십 분, 애프터서비스로 미역국 준대. 낙태도 애 낳은 거와 똑같이 출혈이 심하다나 뭐라나. 넌 어떻게 생각하니?"

내 심장은 아기 심장보다 더 요란하게 쿵쾅거렸다. 다행히 내 대답을 기다리지 않고 엄마가 마무리를 했다.

"생명은 하늘의 선물이에요. 내 딸이 당신 같은 살인자들 이십만 원 벌어주려고 임신한 게 아니란 말예요! 낙태가 불법인 건 알지요? 나, 당신 고발할 거예요! 그랬더니 글쎄 날더러 대뜸 나가세요, 할머니, 그러더라. 할머니래, 할머니. 나 이제 마흔아홉 살인데."

엄마는 소리 내어 한참 동안 웃었다. 불콰해진 얼굴로 눈물을 줄줄 흘려가며 허리를 잡고 웃었다. 영혼이 어지러워졌나 보다.

"용인 갔다 올게."

토요일 아침에 엄마는 외출복 차림으로 내 방에 왔다. 초록색 정장, 낡은 성경 가방을 들고서였다. 엄마는 휴직계를 내고 나는 휴학계를 냈으므로 우리는 할 일이 없었다. 엄마는 아빠를 원룸에서 지내게 하고, 도우미 아줌마도 내보냈다. 새벽에 나갔다가 밤늦게 들어오던 습관이 있어서, 하루가 몹시 지루했다. 엄마는 자주 나를 목욕시키고, 뱃살과 허벅지가 트지 않도록 크림 마사지를 해주었다. 배가 너무 불러서 잘 눕지도 앉지도 못하니까 임산부 체조 디브이디를 틀어주었다. 하지만 나는 체조를 따라 하지 않았다. 소파에 길게 누워서 자다 깨다를 반복했다.

"같이 갈래? 하룻밤 자고 오자."

엄마가 자주 다니는 가톨릭 기도원이 용인에 있었다. 나는 따라 나섰다. 나 때문에 엄마가 기도원에서 못 자고 오는 게 미안해서였다. 골프장으로 보이는 넓은 잔디밭이 끝나고 숲이 시작되는 곳에 기도원이 있었다. 점심 무렵의 기도원은 고요하고 깔끔했다. 창문이 넓은 방에 들어가서 엄마는 이불을 깔아주었다. 햇살 때문인지 누워도 잠이 오지 않았다. 엄마가 묵주를 돌리는 옆에서 나는 허리의 압박붕대를 풀고 배를 쓰다듬었다.

— 너도 갑갑하지? 조금만 더 기다려, 아가야. 이제 곧 만날 수 있어.

무거운 배를 안고 이리저리 뒤척이다가 잠들었다. 한밤중에 억센 손이 나를 방 밖으로 끌어냈다. 강도가 든 줄 알았다. 엄마와 같이 강도에게 끌려가는 줄 알았다. 내가 끌려간 곳은 기도원 뒤의 산속이었다. 캄캄한 속에서 엄마의 눈이 살쾡이처럼 나를 쏘았다.

“같이 죽자.”

“…….”

“네가 날 망쳤어. 내 인생을 망쳤어.”

엄마의 두 손이 나를 향해 달려들었다. 버둥거려도 손아귀를 벗어날 수가 없었다.

“아, 아파, 아파!”

비명에 엄마는 정신을 차린 것 같았다. 앰뷸런스를 불러서 나를 올림픽 병원으로 데려갔다. 응급실에서 분만실로, 수술실로, 중환자실로…… 아물아물한 꿈속에서 나는 아기와 함께 떠돌아다녔다. 내가 정신을 차린 곳은 병실이었다. 그런데 내 옆에 아기가 없었다. 분명 같이 다녔는데 눈을 떠보니 없었다.

“어쩔 수 없었어. 용인에서 잠실 가는 동안 양수가 다 흘러버렸대. 둘 다 죽는다고, 아기를 포기하라고, 살아도 정상이 아니라고…….”

“…….”

“닥터 윤한테 빌었어. 둘 다 살려달라고 빌었어. 제왕절개하면 흉터가 남는다고, 그냥 낙태시키자고 했는데, 내가 제발, 무슨 방법을 써서든 둘 다 살려달라고…….”

“…….”

“아기는 울지 않았어. 그냥 십여 분 버둥대다가 갔어.”

"엄마가 아기를 죽였지요?"

"뭐라구? 엄만 가톨릭 신자야. 그럴 리가 있어? 살려달라고 빌고 애원했다니까. 응급 상황이라 위험하다고, 아기 살리려다가 네가 죽을지도 모른다기에, 그럼 먼저 수린이를 살려달라고……."

"아기를 죽였지요?"

— 귀찮으니까, 창피하니까…… 할머니 되기 싫으니까.

통증이 왔다. 나는 눈을 감고 꿈속으로 떠났다. 아기를 찾기 전에는 절대로 돌아오지 않을 결심이었다.

— 아가야.

불러도 아기는 대답하지 않았다. 쿵쿵 심장 소리도 들리지 않았다. 그냥 조그맣게 웅크리고 앉아 있기만 했다. 조그맣게 웅크리고 앉아 있는 아기 옆에 나도 웅크리고 앉았다.

— 아가야.

나는 잠들지 못했다. 어쩌다 잠들면 엄마의 손이 내 목을 졸랐다. 놀라서 깬 다음에는 잠을 안 자려고 노력했다. 깜빡 잠이 들면 이번에는 내 손이 아기의 목을 졸랐다. 나는 절대로 잘 수 없었다. 잠드는 게 너무나 끔찍했다. 퇴원해서도 하루 세 번 빈혈 치료제와 우울증 치료제를 복용했다. 먹으면 토하고, 또 토하고……, 실신하면 병원에 입원하고, 퇴원하면 토하고……. 살았는지 죽었는지 혼란스러운 시간, 삶과 죽음을 넘나들던 시간이었다. 지옥 같은 병원을 피하려면 뭐라도 먹어야 했다. 물, 죽, 가루약을 아주 조금씩 입에 머금었다가 삼키고, 삼킨 다음에는 토하지 않으려고 제자리 뛰기를 했다.

— 엄마가 제정신이 아니었어.

엄마는 나에게 용서를 구했다. 대답으로 나는 방문을 잠갔다. 러시아 여행을 준비하는 동안에도 나는 꼭 필요한 말 외에는 하지 않았다. 엄마가 새로 사준 핸드폰에는 준성 오빠의 전화번호가 없었다. 단축키를 사용했으므로 나도 오빠의 전화번호를 외우지 못했다. 새 컴퓨터로 카페와 블로그를 검색해보았는데 흔적이 없었다. 오빠가 나를 피하려고 일부러 닫았거나, 누군가에 의해 폐쇄 당했나 보다.

— 고준성이란 사람이 있었던가?

모두가 까마득한 백제 시대의 일 같았다.

"으으……"

다시 내 귀에 혓바닥을 비트는 소리가 들려온다. 난희는 아직도 대리석 바닥에 엎드려서 등짝을 들썩이고 있다. 금쇠 소리도 난희를 춤추게 하지 못하나 보다.

— 으으…… 으.

그것은 가끔 엄마의 방에서 새어 나온 소리였다. 그리스도 조각 밑에서 묵주를 돌리며 흘린 소리였다. 병실에서 딸의 두 손을 잡고 뱉은 소리였다. 겉으로는 전문가인 척했지만 엄마 역시 고통 받은 것이 틀림없었다. 엄마와 언니 때문에 난희가 고통 받듯이, 내가 엄마를 괴롭힌 것이 분명했다.

─ 엄마.

나는 정승오와 나란히 서서 난희를 내려다볼 자격이 없다. 찬 바닥에 엎드려서 통성기도를 올려야 할 사람은 나다. 나는 마음으로 난희 옆에 두 팔 뻗고 엎드린다. 도덕 선생님을 망가뜨린 부도덕한 딸로서 엎드려 속으로 외친다.

─ 엄마!

마음으로 엎드려서 속으로 외치다니. 나는 아직도 내가 잘못했다는 걸 제대로 표현하지 않는다. 아니, 나는 잘못한 것이 없다. 준성 오빠도 그랬고, 엄마도 그렇게 말했다. 내가 좀 조숙하다고. 조숙하게 행동한 것이 잘못은 아니라고.

─ 잘난 척 그만해, 다이몬. 어쨌든 엄마를 괴롭혔으니 잘한 건 아니지.

나는 비척비척 걸어서 난희 옆으로 간다. 몸이 픽 쓰러진다.

"으으······."

불공평해!

삼 일 동안 우리는 상트페테르부르크를 관광했다. 이름도 외우기 어려운 고성, 바실리 성당 비슷한 사원, 네바 강의 함선을 탔다. 정승오는 우리의 가이드를 자처하며 같이 관광을 다녔다. 우리를 파스타 레스토랑에 데려가고 볼쇼이 발레단의 공연에 데려갔다. 난희는 발레 공연을 보는 내내 두 손을 가슴에 모으고 안타까워했다.

"쟤들은 나보다 더 힘드네. 엄지발가락 하나 세우고 춤을 추다니, 정말 불쌍해."

여행이 끝난 뒤 금성학교 강당에서 여름 캠프 수료식을 했다. 교민들은 첫날처럼 한복과 양복 정장 차림으로 그동안 배운 장구 실력과 한글 실력을 발휘했다. 주유나이 패는 사물놀이, 상모

놀이, 장구춤을 선물했다. 난희는 앙코르를 받아서 살풀이춤을 더 추어야 했다.

"으그, 어딜 가나 이놈의 인기는."

하얀 한복을 나풀거리며 무대로 나가기 전 난희는 나에게 윙크를 남겼다. 박물관에서 신들린 듯 승무를 출 때의 이난희와 까불이 이난희는 다른 사람 같다.

처음 여행을 떠날 때 나는 막막함에 사로잡혀 있었다. 엄마를 안 보는 게 소원이었지만 막상 비행기를 타려니 캄캄했다. 모르는 아이들과 같이 지낼 생각만으로도 어지러웠다. 그런데 난희 덕분에 이십 일 동안 재미있었다. 약을 먹지 않고 지낸 것만으로도 나는 나 자신에게 칭찬을 해주고 싶었다. 다시 엄마를 안 볼 생각을 하다니, 내가 제정신인가, 하는 생각까지 들었다. 준성 오빠 생각은 나지 않았다. 보고 싶은 사람은 딱 엄마뿐이었다.

어제 저녁 마지막 통화에서 엄마는 흥분해 있었다. 차를 갖고 공항으로 마중을 나오겠다고 고집했다. 나는 짐도 별로 없으니까 공항버스를 타고 가겠다고 했다. 하지만 엄마는 딸을 멋지게 마중하려는데 왜 그러냐면서 오히려 섭섭해했다.

"이젠 초보 운전 아니야. 너 없는 동안 혼자 차 끌고 인천공항까지 가봤어. 나도 너처럼 비라면 질색이잖아. 그래서 일부러 폭풍우가 치는 날 운전했지. 진짜 영종대교 지날 때는 무섭더라. 핸들을 꼭 잡았는데도 바다로 휙 떨어질 것 같더라. 하지만 걱정 마. 주차장에 차 세우고 전화할 테니까 넌 도착하자마자 먼저 전화기 켜봐, 알았지? 아, 왜 이렇게 가슴이 떨리는지 모르겠어. 나, 주책이지, 수린아? 딸하고 연애하나 봐.”

비행기는 예정 시간보다 한 시간 삼십 분 늦게 이륙했다. 착륙지인 한국의 날씨가 불안정해서라는 안내 방송이 나왔다. 우리는 할 일 없이 출국장 면세점을 돌면서 달러를 썼다. 교장 선생님에게 받은 루블을 오빠가 공항 은행에서 달러로 바꾸어 나눠준 것이었다. 오빠는 편집 기능이 다양한 최신식 멀티카메라를 샀다. 너무 고가품이어서 모두들 눈을 휘둥그렇게 떴다. 나는 손으로도 들고 어깨에도 멜 수 있는 카키색 핸드백을 샀다. 낡은 엄마의 성경 가방을 바꿔주고 싶었다.

어젯밤에는 영배가 소동을 피웠다. 러시아에 남아서 홍기범과 함께 지내겠다는 거였다. 은우와도 이야기를 끝낸 모양이었다. 그러나 갈두 오빠가 강력히 반대했다. 피하는 건 잠시뿐이야, 일단 귀국해서 아이 양육 문제를 정리한 다음 다시 오든 말든 해, 라고 했다. 그래도 영배가 고집을 피우자 오빠는 돈을 하나도 주지 않겠다고 협박했다. 금방 자유를 달라고 방방 뜨던 영배도 돈에는 약했다.

"심심해, 홍당무. 나랑 놀아주라, 응?"

안전벨트 사인 등이 꺼지자 난희가 화장실에 다녀온다. 난희는 내가 준 하얀 바비 원피스를 입고 있다. 정말 잘 어울린다. 나는 밝은 색 청바지에 미색 티셔츠 차림이다. 너무 편하다.

"심심하면 시집 줄게."

나는 숄더백에서 시집을 꺼내어 내민다.

"시는 시시해."

입술을 앞으로 쭉 내밀고서 난희는 눈을 흘긴다.

에르미타주 박물관에서 춤춘 다음부터 나는 난희와 꼭 붙어 다녔다. 팔짱도 끼고, 어깨도 겯고, 팔로 난희의 허리를 감고 다녔다. 더워도 상관없었다. 남들이 동성애자로 보든 말든 신경 쓰지 않았다. 내가 좋아서 난희에게 붙은 샴쌍둥이가 된 것뿐이었다. 난희도 귀찮아하지 않았다.

— 다시는 안 떨어질 테야.

뒤에는 은우와 영배가 음악을 들으면서 앉아 있다. 갈두 오빠는 통로 저편의 창 쪽으로 앉아서 나에게 꽁지머리를 보인다. 난희가 시집을 내 무릎에 내려놓는다.

"에이, 뭐야. 이 시집에 있는 시들은 다 시시해. 더 재밌는 시, 없어? 지난번처럼 발랑 까진 시 말이야. 나는 네가 지은 시가 더 좋더라. 샐비어 따먹으며 헤벌쭉 웃었네. 또 뭐더라, 다 외웠는데 까먹었어."

지난 이십 일 동안 엄마는 딸을 잃을지도 모른다는 생각에 간혀 있었을 것이다. 기차 식당 칸에서 징을 치고 논 이튿날 전화했을 때, 엄마의 흐느끼는 소리가 그렇게 말해주었다. 한국에 도착해서 엄마를 만날 생각을 하니까 또 가슴이 먹먹해졌다. 다시 시작할 수 있을까.

─사랑해, 우리 딸. 지난 일들, 말끔히 지우고 돌아오기를 기도할게. 여행은 지우개라잖아, 마법의 지우개.

떠날 때 엄마는 공항에서 나에게 마법의 지우개를 주었다. 그렇지만 나에게는 지우고 싶은 과거가 없다. 내 과거가 엄마에게는 부끄러움일지 몰라도 나에게는 내 삶이다. 내 삶에 머물렀던 아기도, 준성 오빠도 영원히 기억하고 싶다. 어떤 마법의 지우개라도 내 삶에 지우개똥을 뿌릴 수는 없을 것이다.

"심심해, 홍당무. 아, 우리 진실 게임 하자."

"싫어. 둘이서 무슨 재미야."

"뭐, 어때. 둘이면 더 좋지. 우리 둘만의 비밀이 생기는 거지. 하자, 홍당무."

"나니야, 솔직히 말해봐. 너 나에 대해 알고 싶은 게 있어서 이러는 거지?"

"알고 싶은 거, 많지. 난 사실 너에 대해 아는 게 하나도 없어. 내가 뭘 알아, 이름 빼고? 너는 나에 대해서 알고 싶은 거, 없어?"

나는 고개를 젓는다. 뭐든지 솔직하게 말해주었기 때문에 난희에 대해 더 궁금한 건 없다. 하지만 난희를 알면 알수록 나는 숨기고 싶은 게 많다. 아직 남자의 심장을 만진 이야기, 나에게 말을 걸어온 아기의 이야기를 할 때가 아니다. 친할수록 비밀은 지키는 게 예의다.

"피이, 비밀이 많은가 보네? 시인은 다 착한 줄 알았더니 속이 칙칙한가 봐. 그러니까 칙칙한 시를 쓰지. 그렇지?"

"시인이 좀 칙칙한 건 사실이야. 음악 하는 사람이 제일 착한 것 같아. 너도 그렇고 오빠도 그렇고 여우, 돌배, 다 착하잖아. 악기를 두드리는 모습이 정말 순수해 보여."

"그래? 그럼 게임하자, 응? 나 심심하단 말이야."

나는 난희에게 들키지 않도록 가만히 한숨을 내쉰다. 비밀을 말하면 난희를 잃을지도 모른다는 생각을 하니 피하고 싶다. 하지만 내가 난희에 대하여 아는 만큼 난희가 나에 대하여 모르는 것이 미안하기는 하다. 내 비밀을 알고 난희가 도망간다고 하더라도 더 이상 피하기는 어렵다. 남의 상처는 실컷 구경하고 내 상처는 숨긴다면 친구라고 할 수 없을 것이다.

"야, 홍당무. 너, 아빠 좋아해?"

"……원래 좋아했는데, 어렸을 때는 이담에 아빠 같은 남자와 결혼하겠다고 했는데, 지금은…… 솔직히 싫어. 아빠 얼굴 보는 거 무서워."

"혹시 계부니? 의붓아빠."

"아니야. ……너……는?"

난희는 잠시 생각에 잠긴 듯 입을 다문다.

"친아빠는 일찍 돌아가셨어. 나는 유복자래. 그래도 난 지금 아빠가 좋아. 그림만 팔면 다시 옛날처럼 모여 살 거야. 너희 아빠는 무슨 일 하셔?"

"알잖아. 공무원. 너희 아빠는?"

난희는 대답하지 않는다. 음악실에서 은우가 던진 돌칼을 나도 난희에게 던진 셈이다. 나는 솔직한 대답이 나올 때까지 기다린다. 거짓말이 나온다면 나도 말할 필요 없고, 게임은 쉽게 끝날 것이다. 의외로 난희는 담담하게 털어놓는다.

"남들이 노숙자라고 부르더라. 원래는 사장님인데 우리 집이랑 회사 건물까지 쫄딱 망해 먹고 지금은 서울역에서 살아. 여자 밥은 안 먹겠대. 무슨 뜻인지 나도 몰라. 다시 사장님이 되기 전에는 우리를 안 보겠다는 건가 봐."

"……."

"뭐, 그렇게 불쌍하게 쳐다볼 필요 없어, 홍당무."

"아, 그냥 할 말이 없어서……."

"그래도 난 아빠가 좋아. 친구 같아. 가끔 찾아가서 밥도 같이 먹고 그래. 아빠가 서울역을 안 떠나는 이유가 나 때문이거든."

"……너, 박물관에서 춤추기 전에 왜 울었어? 엎드려서 울었잖아, 처음에.”

“아, 그거. 나도 울 생각이 전혀 없었는데 눈물이 쏟아졌어. 뭐 랄까. 고모할머니가 내 몸에 들어왔다고 하면 안 믿겠지? 고모할 머니는 최승희가 북한으로 갈 때 같이 끌려갔다고 엄마가 그랬 어. 할머니는 북한에서 힘들게 살았나 봐. 눈물이 그냥 쏟아지더 라. 그런데 너는 왜 울었어?”

“나? 내가 언제…….”

“……?”

“어, 그냥, 네가 우니까 나도 눈물이 나더라. 나 이상해졌어. 네 가 울면 따라 울게 돼. 왜 그러는지 나도 몰라.”

“시침 떼지 마. 갑자기 내 옆에 엎어져서 울었잖아. 네 울음소 리 장난 아니더라. 너, 무슨 속상한 일 있지? 뭔데? 빨리 말해.”

“…….”

“너, 남자랑 잔 적 있어?”

“뭐라구?”

“너 버진이니?”

“나니야, 그런 건 적당하지 않아. 다른 질문이면 대답할게. 성적 은 몇 등이니, 가출한 적 있니, 원조교제 한 적 있니, 옥상에 올라 간 적 있니, 뭐, 이런 거면 대답할게.”

“야아, 너, 대단하다. 아주 질문을 써갖고 다니네? 말 돌리지 말 고 빨리 대답해. 네가 잘못한 일은 뻔해. 도둑질, 거짓말, 연애, 셋

중 하나겠지. 연애, 맞지?"

"……."

"뭐 어때. 나도 실연당해 봤어."

"……."

"내 친구 중에 미혼모 있어. 그래도 명랑하게 학교 잘 다녀. 아기가 너무 예쁘대. 티브이 드라마도 있잖아. 〈리틀맘 스캔들〉……. 빨리 대답해."

"……."

"수린아, 나는 너한테 뭐든지 말했어. 아빠 얘기까지, 엄청 쪽팔리지만 다 했어. 우린 친구니까. 친구끼리는 공평해야 되잖아. 난 뭐든지 솔직하게 말하는데 넌 숨기다니, 불공평해."

"……."

"고민 있다는 거, 처음에 알아봤어. 네가 먹는 두 가지 약 중 하나는 우리 엄마가 먹는 우울증 약이야. 네가 샤워실에 갖고 들어가는 연고는 수술 자국을 없애는 흉터 제거제야. 너 휴학생인 것도 다 알아. 왜 휴학했는지는 모르지만."

"……."

"대답 안 하면 너랑 안 놀아. 너 나한테 징 배우고 싶댔지? 안 가르쳐줄 거야. 대답 안 하면 모두 끝이야, 끝, 끝. 실망했어, 박수린한테. 홍당무, 난 진짜 널 친구라고 생각했는데……."

시를 쓰지 않으면 안녕도 없을 것이다. 앵두나무를 심지 않으면 뽑히는 슬픔도 없을 것이다. 안녕도 슬픔도 없는 고요한 곳으로 나는 아기와 함께 숨었다. 그런데 비밀의 문을 열고 난희가 들어온다. 말하지 않아도 난희는 다 알 것이다. 나는 두 눈을 똑바로 뜨고서 난희의 눈빛을 온몸으로 받는다. 레이저 광선이 내 밑바닥을 샅샅이 훑으며 지나가는 동안 나는 숨을 멈춘다. 지갑에서 아기의 초음파 사진을 꺼내어 난희에게 준다.

— 쿵쿵쿵쿵.

아기가 날 두드린다. 두드리는 동안 나는 숨 쉴 수 없다.

— 아기를 죽였어. 나를 엄마라고 부르는 아기를.

입술을 지그시 깨문다. 찝찔한 피맛이 느껴진다. 나는 난희의 어깨에 얼굴을 묻는다. 어깨가 물에 젖는 것을 난희는 가만히 견딘다. 엄마와 언니를 견디듯이 나를 견뎌준다. 나까지 말라깽이의 등에 업혀서는 안 될 것이다. 나는 난희의 등에서 얼굴을 뗀다. 내 콧물이 난희의 하얀 원피스에 묻어 있다. 다행히 난희는 콧물쯤 기분 나빠 할 친구가 아니다. 손수건으로 원피스의 콧물을 닦아준 다음 나는 창밖으로 시선을 돌리며 짐짓 명랑하게 말한다.

"날씨 짱 좋네? 비행기가 해를 향해 날아가고 있어."

햇살이 쨍하다. 삼색기가 그려진 비행기의 날개는 종이비행기처럼 가볍게 창공을 난다.

"응. 근데 아래가 전혀 안 보이네. 구름이 꼈어. 밑에는 비가 오나?"

"비?"

난희의 손가락들이 내 손을 잡는다. 소나기를 싫어하는 걸 아는가 보다. 괜찮다고 말하고 싶지만 사실 나는 괜찮지 않다. 벌써 빗속에 서 있는 기분이다. 나는 다시 아랫입술을 안으로 말아서 이빨로 깨문다.

"우산을 너무 깊이 넣었어. 트렁크 바닥에."

"그깟 비, 맞으면 되지, 우산은 왜 찾아."

"비, 싫어. 축축하고…… 기분 꽝이야."

"기분 꽝이라니, 나랑 반대네. 난 빗소리만 들어도 기분이 업돼. 소나기를 맞으면 기분 짱이야. 빗줄기가 내 몸을 두드리잖아. 빗줄기가 나를 두드리는 동안 난 모든 걸 잊어! 우박, 천둥, 번개, 장구 소리 같은 소나기…… 완전 사물놀이야. 하늘의 사물놀이!"

난희는 피할 수 없으면 즐기라고 말한다. 나도 즐기고 싶다. 모든 일을 장난처럼 즐기고 싶다. 그렇지만 모욕 받으면 저절로 홍당무가 되듯이 어려운 일을 맞닥뜨리면 나는 긴장한다. 창피한 걸 즐길 수 없고, 공부를 즐길 수 없고, 소나기는 더더욱 즐길 수 없다.

피할 수 없으면

한국이 가까워질수록 비행기가 요동을 친다. 토하는 사람, 고막 터진다고 고함지르는 사람, 아이들 울음소리로 비행기 안은 시끄럽다. 비행기의 바퀴가 땅에 닿는 순간 사람들이 환호성을 지르며 박수를 친다.

— 아무것도 변하지 않았어.

인천공항에는 비가 내리고 있다. 천둥과 번개를 동반한 폭우다. 비행기가 무사히 착륙한 게 기적이라고 사람들은 떠든다. 러시아에서는 한 번도 비가 내리지 않았는데 여기는 물바다다. 비를 보는 순간 내 몸은 뻣뻣하게 굳는다. 엄마가 한국은 장마철이라는 말을 해주었는데, 깜빡하고 우산을 트렁크 깊숙이 넣은 것이다.

― 아무것도 변하지 않았어.

나는 악성빈혈에 걸린 우울증 환자다. 학교에 갈 수 없는 휴학생이다. 처음 사귄 남자 친구를 지키지 못하고, 처음 내 몸에 깃든 생명을 지키지 못했다. 부모 없이는 한 걸음도 내딛지 못하는 열일곱 살의 미숙아 박수린, 죽을힘을 다해서 기지 않으면 껍질 속에서 말라죽을지도 모르는 자벌레다.

"야아! 하늘이 나를 반기는구나! 나두 반갑다, 반가워. 오 필승 코리아!"

공항 밖으로 나오자 난희가 빗속으로 뛰어간다. 하늘을 향해 두 팔을 벌리고서 얼굴에 빗줄기를 맞는다.

"쟤, 미쳤나 봐. 머리카락 다 빠진다는데 먹다니. 요즘 애들은 방사능 오염이 뭔지도 모른다니까."

수군대는 사람들을 은우가 뒤돌아본다.

"쟤 취미예요."

"취미라고?"

내가 묻는다.

― 억지야. 비를 맞는 게 취미라는 말이 어디 있어. 비를 맞으면 추워서 오들오들 떨잖아. 온몸에 열이 나고 살이 아프잖아. 두통이 심하면 학교도 못 가. 취미로 죽는 사람도 있어?

내 마음을 알았다는 듯이 은우가 대답한다.

"우르릉쾅쾅, 번쩍번쩍, 후드득, 하늘이 사물놀이 하는 거잖아. 일 년에 몇 번뿐인 하늘의 축제잖아."

"축제라고?"

— 하늘의 저주가 아니고?

내 굳은 표정을 은우는 이상하다는 듯이 본다.

"천둥소리가 나고, 번개가 치고, 소나기가 쏟아지는 거, 짱 멋져! 비를 맞으면 스트레스가 확 풀려. 넌 안 그래, 수린아?"

우산이 없어서 맞은 적은 있지만 일부러 비를 맞은 적은 없다. 비 내리는 일기예보를 보아도 기분이 쿵 내려앉는다.

"우린 다 비를 좋아해. 연습하다가 비가 쏟아지면 악기 팽개치고 모두 뛰쳐나가. 산에서 공부할 때는 일부러 폭포를 찾아가서 물을 맞아. 정말 기분 짱이야."

"그런데 지금은 왜 안 해, 여우야? 나니 혼자 비 맞으니까 사람들이 이상하게 보잖아."

내 말투는 자신도 모르게 날카로운 돌칼이 된다.

"나도 비 맞고 싶어 미치겠어. 참아야지. 옷 갈아입기 귀찮아서 참는 거야."

소나기가 이십 일 동안의 긴 여행에서 돌아와 새로 시작하려는 나를 때리고 있다. 축제라며 빗속을 뛰어노는 난희는 야만인 같다. 어쩌다 우산 없이 비를 맞게 된다면 나도 견딜 각오는 되어 있다. 그러나 난희처럼 즐길 수는 없다. 소나기를 즐기다니! 상상

할 수 없다.

"자, 모여."

갈두 오빠의 신호에 핸드백과 악기들을 가운데 놓고 넷이 둥글게 선다. 난희의 옆자리가 넓다. 나는 얼른 그 자리로 들어가 난희와 은우의 어깨에 두 팔을 올리고 두발을 높이 들어서 경중경중 뛴다.

— 아쭈, 잘하는데!

난희의 윙크를 나는 못 본 척한다. 샴쌍둥이가 분리된다. 난희 없이도 잘 살 수 있을지 자신이 없다.

"두두두 웃뜨웃뜨!"

"웃뜨웃뜨! 두, 드리자!"

모두들 마음이 바쁜지 소리가 끝나자마자 짐을 챙겨든다.

"가자, 수린아."

"난 엄마가 오시기로 했어."

"그럼 먼저 갈게, 수린아. 연습실에 놀러와, 꼭."

은우와 영배가 먼저 버스 정류장으로 간다. 그동안 잘 지냈는데 언제 다시 만날지 아무도 약속하지 않는다.

"감기 걸리면 어쩌려고 그렇게 비를 맞니?"

수건으로 머리를 닦는 난희에게 나는 나무라듯이 말한다. 머리뿐 아니라 원피스도 젖어서 몸에 휘감겨 있다.

"감기? 나 그런 거 몰라. 감기 걸릴 시간 없거든. 가자, 지하철은 저쪽이야."

"난 엄마 기다려야 돼."

"그래? 그럼 나 먼저 갈게, 홍당무. 마음이 급해. 언니가 성남병원에 있거든. 깜빡하고 놀았지 뭐야. 내가 이런다니까, 크크."

"같이 가자, 나니야. 내 친구도 성남병원에 있거든."

그러면서 갈두 오빠는 쑥스러운 웃음을 흘린다. 내가 어리둥절해하니까 난희가 윙크를 날린다.

— 어쩐지 비싼 카메라를 사는 게 이상했어.

난희 언니 혼자의 짝사랑이 아닌가 보다.

— 오빠라면 흔들림 없이 좋아하는 것을 지킬 수 있을까? 난희의 언니를 업고 절벽을 내려오듯이, 주유나이 패를 업고 나아갈 수 있을까?

오빠 혼자서는 어렵지만 이난희, 유은우, 주영배와 함께라면 못할 것도 없을 터다.

— 주유나이박.

잘 찾아보면 나, 박수린의 역할도 있지 않은까.

"엄마가 금방 올 텐데, 같이 가, 오빠. 나니도 같이 가. 병원까지 데려다 달라고 엄마한테 부탁할게."

"그럴 필요 없어. 지하철이 더 빨라. 우리 집에 놀러와. 징 가르쳐줄게."

"간다구?"

“그럼 어떡해. 방향이 다른걸.”

“그래도 먼저 가면 어떡해.”

— 나 혼자 놔두고. 우린 단짝이잖아.

난희가 나를 빤히 쳐다본다. 내 얼굴이 진짜 홍당무가 되기를 기다리는가 보다. 이제 웬만한 일로는 얼굴을 붉히지 않음을 알 텐데도 난희는 내 얼굴에서 눈을 거두지 않는다. 러시아 단짝이 한국 단짝은 아니라는 뜻 같다. 할 수 없이 나는 어서 가라고 손짓한다.

“전화해. 나도 너희 언니한테 문병 갈게.”

“정말? 울 언니, 짱 좋아할 거야. 꼭 와, 홍당무.”

난희는 한쪽 눈을 깊게 감았다가 뜨고서 오빠와 지하철 방향으로 간다. 은우, 영배, 오빠, 난희, 모두 어이없이 빨리 사라진다. 걸 핏하면 모여서 웃뜨웃뜨, 원시인들처럼 뛰던 사람들이, 러시아에 서는 잠시라도 떨어지면 못 살 것처럼 붙어 다니던 아이들이 갑자기 나만 두고 가버린다. 단짝친구 난희마저 뭐라고 할 새 없이 순식간에 사라져버린다.

— 같이 가든지, 내가 간 다음에 가든지 해야지……, 어떻게 나 혼자만 놔두고 가버릴 수가 있어, 의리 없이.

비는 앞이 보이지 않게 쏟아진다. 빗줄기는 아스팔트를 때리고 높이 튀어 올랐다가 다시 소리를 내며 떨어진다. 좁은 방에서 사 물놀이를 듣는 것처럼 시끄럽다. 나도 같이 어울려서 징을 두드

릴 때는 시끄러운 줄 몰랐는데 지금은 아니다. 북채, 장구채, 꽹과
리채, 징채가 사정없이 내 몸을 두드리는 듯하다. 이십 일 동안 날
마다 듣고도 적응이 되지 않았나 보다.

— 네가 애니, 징징대게?

어디선가 난희의 목소리가 들리는 것 같다. 도로에는 마중 나
온 차들만 오가고 사람들은 거의 보이지 않는다. 우산을 가진 어
른들도 공항 청사의 처마 밑에서 장대비를 피한다. 비를 피하는
사람은 나 혼자가 아니다.

— 그래, 난 애가 아니야.

나는 땅속으로 꺼지려는 우울한 마음을 붙잡는다. 엄마는 계속
전화를 받지 않는다.

— 엄마가 이런 날 운전하는 건 무리야. 만년 초짜라고 엄마도
그랬잖아. 오다가 길을 잘못 들었거나, 어디서 잠시 비를 피하고
있을 거야. 사고가 아니면 좋겠는데……. 어쨌든 나 혼자 집에 갈
수 있어. 먼저 트렁크에서 우산을 꺼내고, 핸드폰으로 잠실 버스
노선을 검색해보자.

우르릉 쾅쾅 천둥이 친다. 정말 빗소리 속에는 사물이 다 들어
있다. 작은 쇠 치는 소리, 큰 쇠 치는 소리, 가죽 때리는 소리, 나
무통 두들기는 소리.

— 즐!

귀를 막고 공항 청사로 발길을 돌리려다가 나는 선다. 횡단보

도 분리대 건너편 길로 차 한 대가 요란하게 달려오고 있다. 빵빵 클랙슨을 울리면서 달려오더니 횡단보도에서 급정거한다. 끽 소리에 놀랐는지 신호를 기다리던 사람들이 약속한 듯이 뒤로 물러선다. 신혼부부의 차인 듯, 사이드 미러에는 오색 풍선이 펄럭이고 차 뒤에는 깡통들이 매달려 있다.

― 빵! 빵!

경적 소리에 치를 떨며 발길을 돌리려다가 나는 또 선다. 신혼부부 차 뒤로 다가오는 검정색 승용차가 눈에 익다. 빠르게 돌아가는 와이퍼 사이로 언뜻 보이는 여자 운전사도 낯익다. 조수석의 창문이 내려오고 다이몬의 황금빛 털북숭이 얼굴이 나타난다.

"다이몬!"

나는 달려간다. 소나기가 내 얼굴을 때린다. 상관없다. 하늘의 축제라며 난희는 일부러 맞기도 하는 소나기다.

― 피할 수 없으면 즐겨라.

일부러 맞을 건 없지만 일부러 피할 것도 없다. 즐기는 건 그다음의 일이다.

황금빛 꽹과리의 초대

귀신이 있다고 생각하는 사람들이 있습니다. 설명할 수 없는 일이 생길 때, 귀신 곡할 노릇이군, 하고 혀를 찹니다. 오래전, 사물놀이를 인터뷰하러 돈암동을 찾아 갔습니다. 건물 2층의 한쪽은 사무실이고 나머지는 넓은 연습실이었습니다. 김용배가 연습실 창문을 전부 닫고 꽹과리를 치기 시작했습니다. 사실 저는 악기 중에 꽹과리를 제일 싫어하는데, 높고 날카로운 쇳소리가 정말 불편한데, 김용배의 소리는 달랐습니다. 아무리 들어도 시끄럽지 않았어요. 뿐만 아니라 저에게 말을 걸었어요.

무슨 말이지?

도대체 무슨 말을 하는지 도무지 알 수는 없지만 저는 무조건 고개를 끄덕였습니다. 그 소리를 들은 날부터 저에게도 귀신 곡

할 일이 생겼습니다. 김용배의 황금빛 꽹과리 소리가 제 귀에 붙어서 떠나지 않는 겁니다. 들을수록 마음이 말랑해져서, 모르는 사람의 마음도 슬그머니 두드리고 싶어지는 겁니다. 싫은 것들, 미운 것들, 다시는 상종하고 싶지 않은 원수에게도 슬그머니 손을 내밀고 싶어지는 겁니다.

이 작품은 고등학생들, 대학생들의 러시아 여행기입니다. 어린 예술가들이 너무 아름답고 너무 불쌍해서, 쓰는 동안 너무 행복하고 또한 너무 고통스러웠습니다. 너무,의 남용에 관대하시길~

고2, 재수생인 아이들을 두고 월악산에 틀어박힌 고집쟁이를 감당해준 남편에게 가없는 사랑과 존경을 보냅니다. 남편은 늘 남의 편인 줄 알았는데, 이제 보니 내편이네요. 사족,에 너그러우시길~

2013. 가을. 월악산 달실에서

박재희 올림

이번에도 어김없었다. 단숨에 다 읽어버린 박재희의 소설.

늘 그랬다. 잠시의 시간이 있으므로 잠깐만, 하고 펼쳤다가는 중요한 약속도 잊을 수 있다. 이 소설에 등장하는 십대들과는 한참 멀리 있는 나이였음에도 몰입에는 아무 상관이 없었다. 징과 꽹과리, 북, 장구가 마구 등장하여도 역시나 전혀 지장이 없었다.

아니, 사물놀이가 이 소설의 중요한 배경이있으므로 책읽기의 속도는 더욱 고조되었다. 단절되고 파열된 삶의 상처마다에 격렬한 타악기들이 거침없이 파고들며 앞으로 나가라고, 한번 나가보라고 마음을 두드렸다. 이런 소설, 내가 아는 한 박재희 말고는 아무도 쓸 수 없다.

『징을 두드리는 동안』은 지금 막 인생이란 이름의 긴 터널에 진입하는 청소년들에게 돌이킬 수 없는 일은 그냥 놓아두라고, 돌아갈 수 없는 과거 때문에 부디 추락하지는 말라고 당부하는 소설이다. 그 당부는 나에게도 참 유효했다.

우박과 천둥, 번개와 소나기는 하늘이 펼치는 사물놀이라고 말하는 작가의 놀라운 전언 앞에서 문득 숨을 고른 것도 그래서였다. 이런 문장을 청소년 독자들이 지금, 너무 늦지 않게 읽을 수 있어서 참 다행이다.

양귀자(소설가)

징을 두드리는 동안

© 박재희, 2013

초판 1쇄 인쇄일 | 2013년 9월 25일
초판 1쇄 발행일 | 2013년 10월 10일

지은이 | 박재희
펴낸이 | 황광수
주　간 | 정은영
편　집 | 사태희 이새봄
마케팅 | 박제연 전연교

펴낸곳 | (주)자음과모음
출판등록 | 2001년 11월 28일 제313-2001-259호
주　소 | 121-840 서울시 마포구 서교동 396-33
전　화 | 편집부 (02)324-2347, 경영지원부 (02)325-6047
팩　스 | 편집부 (02)324-2348, 경영지원부 (02)2654-7696
E-mail | jamoteen@jamobook.com
Home page | www.jamo21.net

ISBN 978-89-544-3015-9 (43810)